# L'ENFANT
# DE MA FEMME

PAR

CH. PAUL DE KOCK.



ÉDITION ILLUSTRÉE DE 13 VIGNETTES PAR BERTALL.

PRIX : 55 CENTIMES.

PARIS
GEORGES BARBA, LIBRAIRE-ÉDITEUR
Jules ROUFF, successeur
7, RUE CHRISTINE, 7

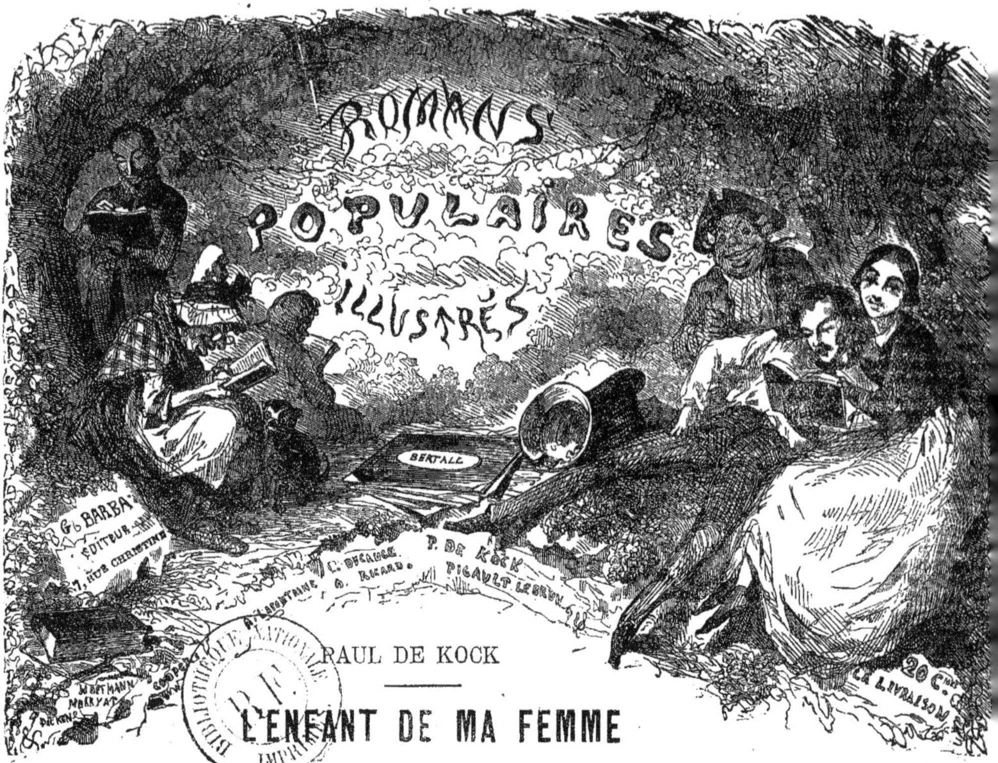

ROMANS POPULAIRES ILLUSTRÉS

G. BARBA ÉDITEUR, 7, RUE CHRISTINE

20 C. LA LIVRAISON



PAUL DE KOCK

# L'ENFANT DE MA FEMME

CHAPITRE I. — Voyage, accident, aventures.

— Nous n'arriverons jamais ce soir à Strasbourg, Mullern!... Dis donc au postillon de fouetter ces maudits chevaux. — Je le lui ai déjà dit plus de vingt fois depuis une heure, mon colonel; et il m'a répondu qu'à moins de nous casser le cou à tous les trois, nous ne pouvions pas aller plus vite. — Henri ne sera plus à Strasbourg quand nous y arriverons. — Alors, mon colonel, nous continuerons de courir après lui. — Et peut-être ne l'atteindrons-nous pas assez à temps pour prévenir le malheur que je redoute!... — Si cela arrive, mon colonel, vous n'aurez rien à vous reprocher; car, en vérité, depuis six semaines que nous ne faisons que courir, jour et nuit, de Framberg à Strasbourg, de Strasbourg à Paris, et de Paris à Framberg, ma culotte s'est tellement attachée à mes fesses, que je me verrai forcé, mon colonel, de montrer mon derrière à la première auberge où nous nous arrêterons. — Si du moins le but de ce voyage était rempli! — Ah! si quelque bonne bouteille de vin pouvait dissiper l'engourdissement de mes membres!... Mais, rien!... Pas même un mauvais verre de piquette pour apaiser la soif qui me dévore! Ah! mon colonel il faut que ce soit vous pour que j'endure aussi patiemment un pareil supplice! — Es-tu fâché de m'avoir suivi, Mullern? — Moi, mon colonel, j'irais avec vous au bout du monde; mais je voudrais au moins que cela ne fût point sans boire ni manger... Ici la conversation fut interrompue par un choc épouvantable qui brisa l'essieu de la chaise de poste; bientôt le colonel Framberg et son compagnon de voyage roulèrent tous deux dans un fossé qui bordait le chemin: tout cela fut la faute du postillon, qui n'avait pas aperçu, dans la rapidité de sa course, le fossé où tombèrent nos voyageurs.

Pendant que le postillon s'occupait des chevaux, Mullern courut relever son colonel. — Ah! mille millions de cartouches! seriez-vous blessé, mon colonel? — Ce n'est rien, Mullern; il n'y a que la jambe gauche qui me fait un peu souffrir. — Morbleu! vous avez une forte contusion!... — Cela ne sera rien, te dis-je; tâchons de découvrir un endroit où nous puissions passer la nuit, car je vois bien qu'il faut renoncer à l'espoir d'arriver aujourd'hui à Strasbourg...

Le postillon accourut dire à ces messieurs qu'il y avait

une auberge à cinquante pas de là. — Comment, maroufle! tu oses verser dans un fossé le colonel Framberg! dit Mullern au postillon. Celui-ci s'excusa comme il put, et l'on reprit le chemin de l'auberge en soutenant le colonel sous les bras.

Nos voyageurs n'avaient pas marché un demi-quart d'heure, lorsqu'ils aperçurent une petite maison simple mais de bon goût : un rez-de-chaussée, un premier étage et des greniers, composaient toute son étendue; des volets verts garantissaient les habitants de l'ardeur du soleil, et plusieurs chênes touffus en ombrageaient l'entrée; tout enfin semblait annoncer que le maître de cette demeure, fatigué des plaisirs bruyants de la ville, s'était retiré dans cette solitude pour reposer ses sens dans le calme et la méditation.

— Tu appelles cela une auberge! dit Mullern au postillon; je crois, triple-tonnerre! que tu veux faire promener mon colonel!... — Frappons toujours, répondit le postillon; nous verrons bien mieux ce que c'est lorsque nous serons dedans.

Mullern frappe à coups redoublés à la porte : pas de réponse; on refrappe encore, toujours inutilement. Pour comble de disgrâce, la nuit devenait noire, et la blessure du colonel Framberg, irritée par la fatigue, le faisait souffrir horriblement.

— Quand le diable s'en mêlerait, mon colonel, vous ne pouvez pas coucher à la belle étoile dans l'état où vous êtes; puisque les habitants de cette maison sont sourds, il faut tâcher de nous passer d'eux. En disant cela, Mullern donne un violent coup de pied dans la croisée du rez-de-chaussée, qui se trouvait la plus proche de la porte; le volet, qui n'était pas en état de soutenir l'assaut, se brise et tombe à ses pieds : il casse avec son sabre deux carreaux, et entre dans la maison sans faire attention aux ordres de son colonel, qui lui représente qu'on ne doit pas ainsi violer le droit des gens, et que si on l'apercevait, on le prendrait plutôt pour un voleur de grand chemin que pour un ancien maréchal des logis.

Sans s'arrêter dans son expédition, Mullern court à la porte d'entrée, trouve une grosse clef pendue au mur, la prend, ouvre sans difficulté, et introduit le colonel Framberg dans la maison abandonnée.

— Puisque nous sommes dedans, dit le colonel, tâchons au moins de nous conduire avec circonspection. — C'est cela, mon colonel, donnez le bras à ce maladroit postillon, qui est cause de notre mésaventure, et je vais marcher devant vous, afin de vous prévenir en cas d'accident.

Nos voyageurs se mirent en marche à tâtons, car l'obscurité était si grande qu'on ne pouvait pas distinguer à côté de soi. Déjà ils avaient parcouru plusieurs pièces sans rien découvrir, et Mullern, impatienté, commençait à jurer entre ses dents, lorsque quelque chose passa devant eux, et s'enfuit légèrement à leur approche. Mullern, intrigué, court sans s'arrêter après ce qui fuit devant lui, mais ses pieds s'embarrassent en rencontrant un tabouret; il perd l'équilibre, et tombe la tête dans un baquet plein d'eau. Furieux, il se relève ouvre une porte, croit marcher de plain-pied, et roule du haut en bas d'un escalier, en entraînant dans sa chute un malheureux chat, cause innocente de tout ce tapage.

Cependant, quoique très-étourdi par sa descente rapide, Mullern se relève, et procède cette fois avec plus de prudence à l'examen du lieu où il est.

La fraîcheur de l'endroit, et diverses bouteilles qu'il rencontre sous la main ne tardent pas à le convaincre qu'il est tombé dans la cave. Rassuré par cette découverte, il cherche l'escalier par où il est descendu si rapidement, et veut remonter, afin d'annoncer ces succès à son colonel; mais, pour la troisième fois, ses pieds s'embarrassent dans quelque chose, il tombe le visage sur le nez d'un individu qui dormait tranquillement, et qui pousse un cri terrible en se sentant réveillé si brusquement.

## Chapitre II. — Les comtes de Framberg.

Avant de tirer Mullern de la surprise que lui a causée sa nouvelle rencontre, il est nécessaire d'apprendre au lecteur quel était le colonel Framberg, et de lui faire connaître le motif de son voyage.

Le comte Hermann de Framberg, père du colonel, descendait d'une ancienne famille d'Allemagne; de père en fils, les Framberg avaient passé leur jeunesse à servir leur patrie; et le comte Hermann, après avoir recueilli au champ d'honneur les lauriers de la gloire, s'était retiré dans le domaine de ses aïeux; et là, auprès d'une épouse chérie, il attendait avec impatience que la naissance de l'enfant qu'elle portait dans son sein vînt mettre le comble à sa félicité.

Ce moment arriva; mais ce jour d'allégresse se changea en un jour de deuil et d'affliction : la comtesse perdit la vie en mettant au monde un fils.

Le comte ne se consola jamais entièrement de cette perte; mais, comme le temps adoucit les peines les plus cuisantes, il se rappela qu'il avait un fils, et se livra avec ardeur aux soins de son éducation.

Elle ressembla à celle de ses aïeux. Le jeune Framberg apprit de bonne heure les exercices militaires, son père vit avec joie ses heureuses dispositions, et à l'âge de quinze ans le jeune homme lui demanda la permission de partir pour l'armée.

Le comte, quoique regrettant de se séparer de son fils consentit à sa demande, le jeune Framberg quitta le château de ses pères pour se rendre au champ d'honneur, où en très peu de temps ses belles actions lui valurent le grade de colonel.

Le comte Hermann était fier d'un tel fils; et lorsque le colonel Framberg venait passer ses quartiers d'hiver au château de son père, il y était reçu avec tous les honneurs militaires embellis encore par la tendresse paternelle.

Ce fut sur le champ de bataille que le colonel fit connaissance avec Mullern. Ce brave hussard se faisait remarquer par son courage, et de plus par la singularité de son humeur. Il avait toute la franchise et la rudesse d'un bon soldat. Toujours prêt à exposer sa vie pour la personne qu'il aimait, il aurait aussi fait le tour du monde pour punir celui dont il aurait reçu un affront. Il révérait son colonel comme son supérieur, et l'aimait comme le plus brave de l'armée. A chaque bataille, Mullern se trouvait à côté du colonel, combattait devant lui, lui faisait souvent un rempart de son corps; et jamais il n'aurait pardonné celui qui lui aurait enlevé le plaisir de mourir pour le sauver.

Le colonel, de son côté, s'attachait de plus en plus à Mullern; bientôt ils devinrent inséparables, car le colonel, élevé au milieu des camps, ne connaissait nullement les distances que le rang et la fortune établissent dans le monde. Celui qu'il aimait, fût-il sans titre, sans richesse, n'en était pas moins estimable à ses yeux, s'il possédait les qualités qui lui faisaient rechercher son amitié; en un mot, le colonel était au-dessus de tous les préjugés, et même par sa conduite il blessait souvent les convenances sociales. La suite de cette histoire en donnera des exemples fréquents.

Le comte Hermann, devenant vieux, désirait ardemment voir son fils lui donner un héritier de son nom; et à chaque visite que le colonel faisait au château (où depuis longtemps Mullern l'accompagnait), le vieux comte lui renouvelait ses instances pour se marier. Pendant longtemps, le feu de la gloire occupant seul l'esprit du colonel, il refusa à son père cette satisfaction; mais lorsqu'il eut atteint sa trentième année, cette humeur guerrière s'étant un peu refroidie, il consentit à se rendre à ses désirs.

A une demi-lieue du château du comte Hermann se trouvaient les domaines du baron de Frobourg. Le baron étant veuf, vivait retiré dans son château, occupé de l'éducation de sa fille unique : la petite Clémentine était l'idole de son père et l'objet de ses plus chères espérances.

Le comte et le baron se trouvant voisins ne tardèrent pas à se lier intimement, ils étaient alternativement l'un chez l'autre une partie du temps; passant les soirées d'hiver, l'un à s'entretenir des hauts faits et de la gloire dont son fils embellissait ses vieux jours, l'autre à détailler les grâces enfantines de sa fille, son amour filial, sa sensibilité pour les malheureux, et l'espoir qu'il avait qu'en ayant un jour la beauté de sa mère elle en aurait aussi les vertus.

Cependant le temps s'écoulait; le comte faisait part au baron du désir qu'il avait de voir son fils marié, le baron lui confiait les craintes qui l'agitaient lorsqu'il songeait que, s'il venait à mourir, il laisserait sa fille seule au monde, sans un ami pour la protéger, sans un époux pour la chérir.

Il s'ensuivit de ces confidences ce qui devait nécessairement arriver, le comte et le baron formèrent le projet d'unir leurs enfants; par ce moyen, ils resserraient l'amitié qui les unissait, et mettaient fin aux inquiétudes qui troublaient sans cesse leur vieillesse.

Ce fut à cette époque que le colonel se rendit aux désirs de son père : alors celui-ci le conduisit au château du baron, afin de lui faire voir la femme qu'il lui destinait.

Le colonel dans ses fréquents voyages au château y avait déjà vu Clémentine; mais quelle différence! elle était enfant alors, et le temps n'avait pas encore développé toutes ses grâces.

Lorsque le comte la présenta à son fils comme sa future épouse, Clémentine venait d'avoir dix-huit ans, elle était jolie sans être belle, mais chacun de ses mouvements respirait la volupté; ses grands yeux noirs exprimaient la plus tendre langueur, et sa bouche ne s'ouvrait que pour laisser entendre des accents enchanteurs qui portaient le trouble et l'émotion dans le cœur de ceux qui l'écoutaient.

Le caractère de Clémentine ne démentait pas la douceur de ses regards, elle était douée de toutes les qualités; mais elle portait la sensibilité jusqu'à l'excès. Cette passion, quand elle est outrée chez les femmes, est souvent la cause de leur malheur, et les entraîne quelquefois plus loin qu'elles ne voudraient.

Le colonel éprouva à la vue de Clémentine ce charme secret que fait naître la présence d'une femme charmante, et il souhaita ardemment de la nommer bientôt son épouse, non qu'il éprouvât pour elle cette passion violente capable de tout sacrifier pour la possession de l'objet aimé; le colonel Framberg, élevé dans les camps, ne connaissait nullement l'amour, et sa brusque franchise était plus propre à faire de lui un ami qu'un amant; mais il était fier du choix de son père, et satisfait de pouvoir concilier en même temps ses désirs et son devoir.

Quant à Clémentine, lorsque le vieux baron lui apprit qu'elle devait considérer le colonel Framberg comme son futur époux, elle pâlit, se troubla, et se jeta aux genoux de son père en le suppliant de ne point la forcer à le quitter. Le baron lui représenta qu'elle ne le quitterait pas; qu'il habiterait toujours avec elle; que d'ailleurs il lui fallait un protecteur, un second père pour le remplacer lorsqu'il descendrait au tombeau, et qu'il ne pouvait trouver un homme plus digne de remplir tous ces devoirs que le fils du comte Hermann ; enfin le baron fit entendre à sa fille qu'il avait mis dans ce mariage sa plus chère espérance, et qu'elle attristerait ses vieux jours en refusant de lui obéir.

Clémentine se tut, essaya de cacher ses larmes, et promit à son père de se rendre à ses vœux.

Cependant elle obtint du baron un délai, afin, dit-elle, d'avoir le temps de connaître son futur époux, et il fut décidé qu'on les marierait au bout de trois mois.

D'où pouvait provenir la peine de Clémentine en apprenant son prochain mariage? Si le colonel n'avait pas le ton doux et tendre que l'on désire dans un amant, au moins possédait-il d'excellentes qualités; et d'ailleurs le plaisir d'obéir à son père aurait dû engager Clémentine à contracter sans chagrin l'hymen qu'il lui proposait. Il fallait donc que quelque motif secret troublât la tranquillité de son âme. C'est ce que nous allons apprendre sans doute dans le chapitre suivant.

### Chapitre II. — Clémentine

Non loin du château du baron de Frobourg était une petite chaumière entourée d'un joli jardin, et située sur une colline d'où l'on découvrait les riches domaines du père de Clémentine. C'est dans ce modeste asile que demeurait la nourrice de la fille du baron. Elle lui avait toujours témoigné la tendresse d'une mère, et lui en avait prodigué tous les soins. De son côté, Clémentine chérissait la bonne Germaine, et ne passait pas un jour sans aller la visiter.

Dans une belle soirée du printemps, Clémentine se mit en route pour aller à la chaumière. Le temps n'avait jamais été si beau; un air doux et pur enivrait les sens, et le soleil, à son déclin, semblait ne terminer qu'à regret le jour qu'il avait fait éclore.

Clémentine, entraînée par un penchant irrésistible, s'enfonça dans le bois qu'il lui fallait traverser pour arriver à la chaumière de Germaine. Bientôt, se sentant fatiguée, elle s'assit au pied d'un arbre, et se laissa aller aux douces réflexions que lui inspirait le silence du lieu où elle se trouvait.

Elle était assise depuis quelque temps, lorsqu'un coup de fusil tiré assez près d'elle la fit sortir de sa rêverie; elle se retourne vivement, et aperçoit un jeune chasseur. Le jeune homme, de son côté, reste interdit à la vue de Clémentine; et au lieu d'aller s'excuser de la peur qu'il lui avait faite, ne s'occupe qu'à contempler l'objet charmant qu'il a devant les yeux.

Clémentine fut la première à s'apercevoir de la singularité de leur situation; elle se leva et allait s'éloigner, lorsque le jeune homme, courant à elle, la retint doucement par le bras.

— Eh quoi! mademoiselle, vous aurais-je fait peur? — Ce n'est pas vous, monsieur, c'est votre fusil... — Daignerez-vous recevoir mes excuses? je ne vous avais pas aperçue, et certes, si je vous eusse vue plus tôt, il ne m'aurait plus été possible de songer à la chasse... — Je serais fâchée, monsieur, de troubler vos plaisirs... — Ah! mademoiselle, je donnerais volontiers tous les autres pour celui que j'éprouve en ce moment!...

Clémentine rougit; le jeune homme se tut, et ils recommencèrent à rester immobiles l'un devant l'autre.

Cependant la nuit approchait; Clémentine fit encore quelques pas. — Vous vous éloignez, mademoiselle? — Oui, monsieur; la nuit vient, et il est temps que je retourne au château. — Mademoiselle habite le château de Frobourg? — Oui, monsieur. — Si mademoiselle voulait me permettre de la reconduire? — Cela est inutile, monsieur, je connais fort bien les chemins. En disant ces mots, Clémentine s'échappa avec légèreté, laissant le jeune homme la suivre des yeux jusqu'à la lisière du bois.

Clémentine rentra tout essoufflée au château; c'était la première fois qu'elle passait une journée entière sans visiter sa bonne nourrice. Elle oublia toute autre chose pour ne penser qu'à la rencontre qu'elle venait de faire. En vain elle voulut chasser de son esprit l'idée qui l'occupait, l'image du jeune chasseur se représentait sans cesse à sa pensée, et remplissait son âme d'un trouble inconnu.

Le lendemain, Clémentine se rendit à la même heure que la veille à la chaumière de Germaine. Cependant, malgré le secret désir qu'elle avait de rencontrer son inconnu, elle ne s'enfonça pas dans le bois, et alla droit chez sa nourrice. La bonne femme, après l'avoir grondée de n'être pas venue le jour précédent, la fit asseoir et l'engagea à goûter avec elle du lait et des fruits.

Cependant Clémentine n'était pas dans son état ordinaire; une secrète inquiétude, un sentiment nouveau l'agitaient. Sa bonne nourrice s'apercevant du changement de ses manières, lui demanda quelle pouvait en être la cause; et Clémentine, qui n'avait rien de caché pour elle, lui fit part de sa rencontre de la veille et du sujet qui l'occupait, chose qu'elle n'aurait jamais osé raconter à son père : tant il est vrai que la douceur et la familiarité entraînent à la confiance, tandis que le respect que l'on porte à ses parents est souvent la cause de la réserve que l'on garde avec eux.

Germaine, qui ne vit dans cette rencontre qu'une chose toute naturelle, sans en prévoir les conséquences, s'étonna de ce que cela pût agiter tant agiter Clémentine; elles étaient occupées à parler de ce sujet lorsqu'on frappa à la porte. Un battement de cœur avertit Clémentine que c'était pour elle : effectivement, Germaine ouvrit, et le jeune homme du bois entra dans la chaumière.

Il sourit en voyant Clémentine, qui devint rouge et tremblante. La bonne Germaine, étonnée, restait la bouche béante à les regarder tous deux, tenant encore la porte entr'ouverte, ne sachant si elle devait se taire ou parler.

Un léger prétexte fut le sujet de la visite du jeune homme; il dit à Germaine que la chasse l'ayant égaré sur la fin de la journée, il se trouvait dans un grand embarras, lorsqu'il avait aperçu la chaumière. Il la pria de vouloir bien lui procurer un peu de lait et des fruits, n'ayant, disait-il, rien pris depuis le matin. Ensuite, se tournant vers Clémentine, il la salua timidement, et lui dit qu'il s'estimait heureux de ce que le hasard lui procurait le plaisir de la rencontrer une seconde fois.

Clémentine sourit à son tour, car un secret pressentiment semblait lui faire deviner que ce n'était pas le hasard qui avait conduit là le jeune chasseur. Quant à Germaine, elle comprit que c'était celui que sa demoiselle (c'est ainsi qu'elle appelait Clémentine) avait rencontré la veille, et elle dit au jeune homme qu'il ne pouvait arriver plus à propos, et que Clémentine parlait de lui au moment où il avait frappé. Le jeune homme regarda tendrement la jeune personne; Clémentine rougit, et Germaine resta encore tout étonnée à les considérer.

Cependant peu à peu la contrainte se dissipa, la confiance s'établit, et le jeune homme, qui était bien aise de n'être plus inconnu à Clémentine, apprit à ces dames qu'il était Français, qu'il se nommait d'Ormeville, qu'il avait perdu de bonne heure ses parents, et que, n'ayant que peu de fortune, il était entré au service; qu'après avoir combattu quelque temps dans les troupes françaises, il avait eu une affaire d'honneur avec un de ses camarades, il s'était battu, et avait tué son adversaire. La famille de celui-ci était riche, puissante; d'Ormeville était sans fortune et sans protection, il s'était vu forcé de fuir pour éviter la mort, et avait passé en Allemagne, dans le dessein d'entrer au service de l'empereur. C'est dans ce voyage qu'il s'était arrêté quelque temps dans un village situé près du château du baron; et c'était en prenant le plaisir de la chasse qu'il avait rencontré la charmante Clémentine.

La fille du baron lui demanda avec intérêt s'il était maintenant en sûreté. D'Ormeville lui répondit que depuis qu'il était en Allemagne il ne craignait plus rien; et il ajouta que son plus grand désir était maintenant de séjourner longtemps dans les lieux qu'elle habitait.

C'est ainsi que cette rencontre inattendue devint pour Clémentine la source de tant de maux. D'Ormeville obtint d'abord avec difficulté la permission de reconduire Clémentine une partie du chemin : à la vérité Germaine était toujours avec eux; mais la présence d'un tiers suffit-elle pour empêcher l'amour de naître?

Clémentine ne manquait pas de se rendre tous les soirs à la chaumière; et, de son côté, d'Ormeville était aussi exact. Il trouvait toujours quelque prétexte pour y être admis. La bonne Germaine ne voyait aucun mal à ce que deux jeunes gens si aimables fussent souvent ensemble; d'ailleurs, la douceur et les manières prévenantes de d'Ormeville lui avaient gagné son amitié, et personne, à ce qu'elle disait, n'était mieux assorti avec sa demoiselle.

Nos jeunes gens furent bientôt d'intelligence. Le langage des yeux n'était plus suffisant pour eux, et un jour, pendant que Germaine était au jardin, d'Ormeville se jeta aux pieds de Clémentine en lui faisant l'aveu de son amour.

Qu'aurait-elle pu répondre qu'il n'eût déjà deviné? Ils se jurèrent mutuellement d'être l'un à l'autre, et de ne jamais cesser de s'adorer. Cependant le destin, qui n'est pas toujours d'accord avec nos désirs, semblait vouloir traverser ceux des deux amants. Clémentine avoua à d'Ormeville que son père n'aimait pas les Français, et qu'il consentirait difficilement à leur union. D'Ormeville lui fit entendre qu'il allait entrer au service d'Allemagne, et que cette circonstance pourrait peut-être engager son père à lui être plus favorable. Clémentine le crut : on croit si facilement ce qu'on désire!...

Cependant le temps s'écoulait, et d'Ormeville, qui aurait déjà dû être à l'armée, ne pouvait se résoudre à se séparer de Clémentine. Tous les soirs, assis autour d'une table, ayant près d'eux la bonne Germaine, qui écoutait avec joie leurs discours, nos deux amants jouissaient du plaisir si doux que l'on goûte auprès de l'objet aimé; et ils revenaient ordinairement tous les trois jusqu'à la porte du parc du château, où Clémentine rentrait en promettant de revenir le lendemain.

Un jour pourtant, Germaine, se sentant malade, ne put accompagner Clémentine à son retour. Il était tard : on avait oublié, en parlant d'amour, que le temps s'écoulait, et Clémentine ne pouvait s'en aller seule; il fallut bien qu'elle acceptât le bras de d'Ormeville. La soirée était superbe, et rappelait à nos jeunes amants le premier jour de leur rencontre. En passant près du bois, ils s'arrêtèrent : mille sensations délicieuses s'emparèrent de leur cœur. D'Ormeville pressa son amante dans ses bras; Clémentine s'abandonna à ses caresses, et ils oublièrent tous deux le monde et ses convenances pour ne plus songer qu'à l'amour.

Comme malheureusement le plaisir le plus grand est celui qui dure le moins, l'illusion se dissipa, les sens se calmèrent, et Clémentine vit avec effroi l'abîme dans lequel elle était tombée. Cependant d'Ormeville était près d'elle, il calma sa douleur, sécha ses larmes : cela est facile à un amant. Clémentine sourit... Quand l'amour reste après la jouissance, on est encore heureux.

Il fallut pourtant se séparer; c'était le plus cruel !... Enfin Clémentine rentra par la petite porte du parc ; mais comme elle tremblait en parcourant les appartements du château ! Avec quel embarras elle aborda l'auteur de ses jours ! Ah ! si le baron n'eût eu que vingt ans ! Mais nos parents ne sont plus comme nous, dans l'âge des passions; voilà pourquoi il est facile de leur cacher celles qui nous agitent.

Cependant plus nos amants faisaient l'amour, moins d'Ormeville songeait à s'éloigner, lorsqu'un événement inattendu, mais fort naturel, vint le rappeler à son devoir : Clémentine s'aperçut qu'elle était enceinte. Cette nouvelle, qui comblait d'Ormeville de joie, lui fit pourtant sentir qu'il était temps de prendre un parti.

On convint que d'Ormeville partirait sur-le-champ pour l'armée : la guerre venait de se déclarer entre la Russie et l'Autriche; c'était le moment de se distinguer. Clémentine devait écrire à d'Ormeville tout ce qui se passerait au château. On espérait qu'il reviendrait avant la naissance de l'enfant que Clémentine portait dans son sein ; et à son retour les deux amants devaient aller se jeter aux pieds du baron, lui avouer leur faute et en obtenir leur pardon.

Ce plan une fois arrêté, on ne songea plus qu'à l'exécution : d'Ormeville s'éloigna de son amante non sans répandre bien des larmes; et Clémentine sentit ses forces l'abandonner en voyant partir celui qu'elle regardait comme son époux.

## CHAPITRE IV. — L'Homme comme il y en a peu.

Ce fut deux mois après le départ de d'Ormeville que le baron de Frobourg annonça à sa fille qu'elle devait regarder le colonel Framberg comme son futur époux.

Que pouvait dire Clémentine ? Elle craignait trop son père pour oser lui avouer sa faute. Nous avons vu que tout ce qu'elle put obtenir fut un délai de trois mois. Elle alla pleurer dans le sein de sa bonne nourrice, à laquelle elle avait depuis longtemps confié tous ses chagrins. La vieille Germaine ne put que l'engager à prendre du courage; mais pour comble de maux, depuis près d'un mois Clémentine ne recevait plus de nouvelles de d'Ormeville. Que pouvait-il lui être arrivé ?... Était-il prisonnier ? Avait-il été tué sur le champ de bataille ? Toutes ces idées étaient affreuses, et ne faisaient que rendre plus terrible sa situation.

Un soir que le comte Hermann et son fils étaient chez le baron, Mullern entra pour donner à son colonel des nouvelles de la dernière affaire.

— Eh bien, Mullern, dit le colonel, qu'y a-t-il de nouveau ? — Ah ! mon colonel, les ennemis ont joliment été frottés !... — En es-tu certain ? — Oui, mon colonel, car c'est le vieux Franck, qui arrive de l'armée, qui me l'a raconté. Triple cartouche !... Il dit que l'affaire a été chaude !... L'ennemi s'est vaillamment défendu; il nous a d'abord fait du ravage : de toute notre première compagnie du 36^e^ de hussards, par un n'est échappé... — Que dites-vous ? s'écria Clémentine. Quoi ! pas même les officiers..... — Ah, mon Dieu ! pas un ! Tout est resté sur la place !...

Clémentine n'en entendit pas davantage, elle s'évanouit : on courut la secourir, tandis que Mullern, enflammé par le récit de la bataille, ne s'apercevait pas de l'événement auquel il avait donné lieu.

On emporta Clémentine dans sa chambre, où elle ne reprit ses sens que pour se livrer à la plus vive douleur. C'était dans la première compagnie du 36^e^ de hussards que servait d'Ormeville; et la nouvelle qu'elle venait d'apprendre, jointe au silence qu'il gardait depuis longtemps, lui persuada aisément qu'il avait cessé de vivre.

Effectivement, depuis ce temps, aucune nouvelle de d'Ormeville ne parvint plus à Clémentine, qui passait sa journée dans les larmes en songeant à celui qu'elle avait perdu. Cependant le temps s'écoulait : les trois mois accordés pour délai à Clémentine étaient sur le point d'expirer; elle sentait aussi qu'elle serait bientôt mère, et chaque instant ajoutait à l'embarras de sa position.

Il fallait prendre un parti : Clémentine se détermina à tenter le seul moyen qui lui restait pour goûter non le bonheur, elle y avait renoncé depuis la mort de celui qu'elle adorait, mais au moins la tranquillité et le repos dont elle était privée depuis longtemps.

Le caractère du colonel Framberg, que Clémentine avait su apprécier, lui avait inspiré l'idée de lui avouer sa faute et de se confier à sa générosité. Un jour, peu de temps avant le terme fixé pour leur mariage, Clémentine pria le colonel Framberg de lui accorder un moment d'entretien; le colonel y consentit volontiers. Ils se rendirent dans un endroit écarté du parc, et là, Clémentine lui confia son amour et ses malheurs.

Le colonel demeura frappé d'étonnement lorsque Clémentine lui apprit qu'elle serait bientôt mère.

— Eh quoi ! madame, lui dit-il, vous que j'aurais crue la plus innocente des femmes !... Il s'arrêta : Clémentine devint rouge de honte... Ah ! pardon, madame, ajouta-t-il, je ne connais pas l'amour, et j'ignore les fautes qu'il fait faire. Mais parlez, ordonnez : qu'exigez-vous de moi ? Votre confiance mérite tout mon attachement et mon respect, elle est une preuve de votre estime pour moi; et je vous prouverai que si le colonel Framberg ne peut être votre amant, il mérite au moins votre amitié.

Clémentine, enhardie par ce discours, lui dit qu'elle se confiait à sa générosité, et que c'était à lui d'ordonner de son sort.

— Eh bien, madame ! puisqu'il en est ainsi, si vous y consentez, nous ne changerons rien à nos projets. Si celui qui possédait votre amour existait encore, je me garderais bien de me proposer pour votre époux, cela serait vouloir vous condamner à des regrets éternels; mais il n'est plus, et vous êtes mère : votre enfant aura besoin d'un père; je lui en tiendrai lieu, et j'aurai toujours pour lui la même tendresse que s'il était mon véritable fils. — Quoi ! colonel, vous consentiriez à m'épouser ! Oubliez-vous que les préjugés, l'honneur même, vous défendent ce mariage ?... — Les préjugés, je ne les connais pas; et mon honneur à moi, madame, est de secourir l'infortune et de servir de père à l'orphelin. C'est à ce titre que je veux être votre époux; et si par la suite on blâme ma conduite, on ne pourra pas au moins m'ôter la satisfaction d'avoir agi en galant homme. — Ah, colonel, quel serait l'être assez hardi pour censurer la conduite d'un homme qui ne se plaît qu'à faire le bien ? — D'ailleurs, madame, puisque les convenances l'exigent, je vous réponds que le plus profond secret enveloppera cette aventure.

C'est ainsi que se termina cet entretien, et huit jours après Clémentine devint l'épouse du colonel. Si elle n'avait pas connu d'Ormeville, elle aurait trouvé le bonheur dans cet hymen; mais le souvenir de celui qu'elle adorait venait sans cesse troubler son repos, et elle retombait dans une triste mélancolie qu'elle cherchait en vain à cacher à son époux.

Un mois après ce mariage, le comte Hermann mourut; le colonel Framberg donna les larmes d'un tendre fils à la mémoire de son père, et passa son temps renfermé avec sa femme et ne voyant que Mullern. C'est à cette époque que la comtesse mit au monde un enfant qui fut baptisé secrètement sous le nom de Henri d'Ormeville, mais que le colonel éleva et fit passer pour son fils.

Le vieux baron de Frobourg, qui était alors dans son château, n'eut pas connaissance de cet événement, et il mourut peu de temps après le mariage de sa fille, sans avoir deviné ce mystère.

Mullern fut le seul qui pénétra la vérité; mais il garda pour lui ses réflexions, sans dire à son colonel ce qu'il pensait.

Le jeune Henri devint l'idole de sa mère; ses traits lui retraçaient ceux de l'homme qu'elle avait tant aimé. Si Clémentine avait eu le bonheur d'élever son fils, il est probable que notre jeune héros aurait hérité de ses qualités douces et tendres; mais elle mourut lorsqu'il n'avait encore que quatre ans, emportant avec elle les regrets et les larmes de tous ceux qui l'avaient connue.

Le colonel Framberg, au désespoir de la mort de sa femme, fut obligé, pour se distraire de son chagrin, de s'absenter pour quelque temps du château. Il résolut de retourner à l'armée; mais comme le petit Henri lui était bien cher, il voulut laisser auprès de lui quelqu'un qui pût veiller assidûment sur sa jeunesse et lui inculquer de bonne heure les principes de la vertu; ce fut Mullern que le colonel choisit pour remplir cet emploi. Il connaissait sa loyauté, sa franchise; et, certain qu'il ne quitterait pas un instant son fils (c'est ainsi qu'il nommait Henri), il ne balança pas à en faire son précepteur.

Mullern aurait bien autant aimé suivre son colonel à l'armée que de rester tranquillement au château de Framberg : mais comme les désirs de son supérieur étaient des ordres pour lui, il jura de remplir fidèlement ses intentions. Le colonel partit donc du château, y laissant commander Mullern en son absence, et lui recommandant de faire de Henri un homme brave et vertueux.

## CHAPITRE V. — Éducation de Henri.

Voyons comment Mullern se tira de l'emploi qui lui était confié, et quelle fut l'éducation du fils de Clémentine.

Mullern commença par établir son logement à côté de celui de son élève; et dès que le jour se levait, Mullern entrait dans la chambre de Henri, le tirait brusquement de son lit, l'habillait et l'emmenait avec lui faire un tour de promenade dans la campagne, présumant bien que cet exercice rendrait son élève plus fort et plus robuste.

Ensuite ils rentraient; on déjeunait toujours avec quelques viandes froides et du vin; Mullern pensait que cela valait mieux pour le corps que tous les thés et les cafés possibles : peut-être n'avait-il pas tort; mais je crois qu'au fond il n'était pas fâché de profiter lui-même de ce déjeuner-là. Après le déjeuner, Mullern confiait, pour deux heures seulement, son élève à un ancien précepteur qui habitait le château, et qui était chargé de lui enseigner l'écriture et les langues. Mullern recommandait toujours à Henri de ne pas trop se casser la tête aux études des sciences, parce qu'il pensait qu'il était plus nécessaire de savoir bien tirer l'épée que de parler latin ; et le jeune homme, fort de l'approbation de Mullern, jetait quelquefois les livres au nez de M. Bettemann (c'était le nom du maître), disant que cela l'ennuyait, et qu'il aimait mieux apprendre à se battre. M. Bettemann criait; mais Mullern était enchanté, et M. Bettemann avait toujours tort.

Lorsque cette leçon était finie, Mullern s'emparait de Henri, l'emmenait dans la cour, le plaçait sur un cheval, et faisait galoper l'animal pendant près d'une heure autour de l'entrée du château : aussi, à l'âge de dix ans, le petit Henri connaissait mieux les chevaux que son rudiment.

Après ce petit délassement, on passait à un autre plus important; il fallait faire l'exercice et apprendre à manier le sabre avec honneur. C'est dans cet emploi que Mullern se distinguait; et lorsqu'il était satisfait de son élève, il le récompensait en le dispensant pour le lendemain de toute leçon avec M. Bettemann.

Après l'escrime, ces messieurs se mettaient à table. Mullern avait pour principe d'y rester aussi longtemps que possible; et c'était la seule chose dans laquelle il s'accordait avec M. Bettemann, qui partageait l'honneur de dîner avec ces messieurs, parce que Mullern était bien aise de trouver quelqu'un qui pût lui tenir tête à table, en attendant que son élève fût assez grand pour se griser avec lui.

Ordinairement, après le dîner, ces messieurs n'étaient plus en état de rien faire. M. Bettemann en voulant rivaliser avec Mullern finissait toujours par se laisser aller sous la table; et Mullern, ne trouvant plus personne à qui parler, s'endormait alors au coin de la cheminée en fumant sa pipe et en chantonnant un petit refrain militaire.

C'était pendant le sommeil de ses précepteurs que Henri faisait des siennes. N'ayant plus personne pour le surveiller, il allait courir dans le château, dans les jardins, s'arrêtait à l'écurie, détachait les chevaux, montait dessus sans selle, et ravageait le jardin en galopant à tort et à travers dans les allées de gazon et dans les planches d'épinards, malgré les cris du jardinier, qui se désespérait de voir que ses légumes ne viendraient jamais à maturité.

Un jour cependant, ennuyé de voir que M. Henri détruisait tous les soirs son travail du matin, le jardinier résolut de se venger. Après avoir bien mûri son plan, il acheta quelques pétards qu'il plaça au pied d'un arbre, dans la belle allée que M. Henri se plaisait à dévaster le plus souvent; et faisant une traînée de poudre jusqu'à un buisson où il se cacha, il attendit tranquillement l'ennemi, prêt à mettre le feu au moment où il passerait, bien certain qu'au bruit de l'explosion le cheval jouerait quelque tour à son cavalier.

L'événement justifia toutes les espérances du jardinier : dès que Henri vit M. Bettemann sous la table et Mullern endormi, il descendit lestement dans la cour, courut à l'écurie, en détacha le meilleur cheval et monta dessus, se promettant bien ce jour-là de ravager les plates-bandes du jardin tout autant que les jours précédents.

Il galope donc vers la fatale allée : mais, ô malheur inattendu!... l'explosion a lieu, le cheval se cabre et jette son cavalier, qui était lui-même trop effrayé de ce bruit soudain pour pouvoir se tenir ferme sur sa monture, et qui va tomber à dix pas de là. Tous les gens du château accourent aux cris de leur jeune maître; le jardinier est un des premiers à se présenter : on court réveiller Mullern; celui-ci, effrayé des cris qui frappent ses oreilles, renverse brusquement la table sur M. Bettemann en voulant descendre plus vite au secours de Henri.

Notre jeune homme avait eu plus de peur que de mal; à quelques contusions près, il ne lui était rien arrivé de fâcheux. Cependant, interrogé sur la cause de sa chute, il apprend à Mullern ce qui lui est arrivé; Mullern, furieux de ce qu'on ait osé tendre un piége à son élève, jure que s'il vient à découvrir le drôle qui a fait ce coup-là, il lui ôtera l'envie de recommencer. Tous les domestiques protestent de leur innocence, et l'on rentre au château en s'entretenant de cet événement.

Mais une autre surprise y était préparée : du bas de l'escalier, Mullern entend des cris confus partir de la pièce où ils ont dîné, il monte quatre à quatre, et trouve M. Bettemann se débattant sous la table entre les bouteilles et les plats, et faisant tous ses efforts pour retirer sa tête d'un vase à punch. Il en vint enfin à bout, avec le secours de Mullern, en consentant toutefois à laisser sa perruque dans l'eau-de-vie brûlée. Enfin, le calme étant un peu rétabli au château, chacun se sépara pour aller se coucher.

Henri, corrigé par sa chute de cheval, fut quelque temps un peu plus paisible, et se contentait de galoper dans la cour. Le jardinier se félicitait du succès de son stratagème, et voyait avec ravissement ses légumes croître en liberté.

Cependant l'effet de la chute se dissipa peu à peu, et Henri commença à s'ennuyer du cercle étroit de son manége. Enfin ses contusions étant guéries, il reprit le chemin du jardin, et recommença à faire donner au diable ce pauvre jardinier. Mullern, qui n'avait pas oublié le tour des pétards, et brûlait du désir d'en connaître l'auteur, ne tarda pas à concevoir de violents soupçons sur le jardinier, dont les plaintes réitérées faisaient assez voir le dépit. Il résolut donc d'épier notre homme et de tâcher d'acquérir la certitude de ce qu'il soupçonnait; l'occasion ne tarda pas à se présenter.

Le jardinier, impatienté de voir que ses remontrances étaient sans effet, résolut de renouveler son expérience pour dégoûter tout à fait le jeune Henri de ses courses à cheval; et pour que cette fois l'envie ne lui prît pas de recommencer, il pensa qu'il ne ferait pas mal de tripler la dose, afin que la détonation fût plus efficace.

Mais comment faire? Le peu de poudre qu'il avait pu se procurer dans le château avait été brûlé à la première explosion. Après y avoir bien réfléchi, il pensa que Mullern devait en avoir chez lui une quantité plus que suffisante pour mettre son projet à exécution, et résolut de profiter d'un moment où il s'absenterait pour prendre ce qu'il lui en fallait.

Effectivement, Mullern ne tarda pas à descendre; il aperçut notre homme rôdant autour du château. Il feignit de s'éloigner sans se douter de rien; mais après avoir fait quelques pas, il revint doucement derrière le jardinier. Ce dernier entra dans la chambre, ne soupçonnant pas qu'il était suivi; il prit la quantité de poudre qu'il crut nécessaire, et regagna bien vite le jardin en riant dans sa barbe du nouveau tour qu'il allait jouer à l'élève de notre hussard.

Mais Mullern avait tout vu!... et ayant acquis la preuve convaincante du complot du jardinier, se promit d'en tirer une vengeance éclatante. Après avoir bien médité son plan, il laissa le jardinier préparer tout pour rendre son explosion plus bruyante, et attendit avec impatience l'instant fixé pour l'exécution de son projet.

Il arriva enfin ce moment si désiré par Mullern et par le jardinier. Ce dernier, après avoir bien préparé son artifice, va se tapir dans le buisson d'où il doit mettre le feu à la mèche. Il n'attend pas longtemps : le galop d'un cheval se fait entendre... il approche... Aussitôt il met le feu à la traînée de poudre... Mais, ô surprise!... ô désespoir!... il saute lui-même loin de son buisson, enlevé par la force de la poudre, et retombe sur le gazon en poussant des cris aigus.

On se doute bien que c'était Mullern qui avait coupé la traînée de poudre par une autre traînée qui aboutissait au buisson où le jardinier était caché, et qu'il avait garnie de poudre de manière à lui ôter l'envie de faire sauter les autres.

Quant au cheval qui avait galopé, il n'était pas monté : Mullern avait eu soin de retenir son élève, en l'avertissant du piége qu'on lui tendait.

— Ah, ah!... coquin, c'est donc toi qui veux faire sauter ton jeune maître, parce qu'il lui plaît de labourer tes épinards avec les pieds de son cheval!... Triple canonnade! je ne sais à quoi il a tenu que je ne t'aie fait sauter aussi haut que le clocher du village!... — Mais, monsieur Mullern! .. c'était pour le bien de M. de Framberg ce que j'en faisions!.. Que dira not' maître quand il trouvera son jardin dans l'état ous qu'il est!... — Apprends, marouffe, que mon colonel aime mieux son fils que ses légumes, et que tant qu'il plaira à mon élève de mettre le château sens dessus dessous, ce n'est pas à toi qu'il appartient d'y trouver à redire.

Le jardinier se tut et regagna clopin-clopant sa maisonnette, en envoyant au diable les jeunes gens, les chevaux et les hussards. Quant à Mullern, fier de la réussite de son projet, il alla célébrer sa victoire le verre à la main; et cette fois M. Bettemann passa la nuit sous la table.

### CHAPITRE VI. — La Ferme et le Grenier à foin.

C'est ainsi que se passait la jeunesse de notre héros, et il atteignit l'âge de quinze ans en continuant de faire enrager tous les habitants du château. Mais il montait parfaitement à cheval, il se battait presque aussi bien que son maître, et Mullern jurait par ses moustaches que son élève lui ferait honneur.

A quinze ans Henri avait l'air d'un homme, et les passions devaient être aussi précoces chez lui que le physique; il était grand, bien fait, d'une figure noble et agréable, aussi prompt à s'excuser d'une faute que léger à la commettre; il était brave, humain, sensible, mais emporté, violent, impétueux dans ses désirs, brusque dans ses actions, et ne connaissant aucun frein, aucune modération. Avec un pareil caractère, et gouverné par Mullern, il ne pouvait manquer de faire parler de lui en bien et en mal.

Le séjour du château de Framberg commençait à ennuyer beaucoup notre jeune homme, qui brûlait du désir de voyager et de connaître le monde. Tous les jours Mullern lui faisait espérer que le colonel allait arriver, et qu'alors il changerait de manière de vivre; mais le temps s'écoulait, et le colonel n'arrivait pas

Henri, las de se promener à cheval dans le château, étendait depuis quelque temps ses courses dans la campagne, et ne revenait que lorsque la fatigue ou le besoin le forçait à prendre du repos. Mullern, qui n'était plus dans l'âge où l'on se fait un plaisir de s'éreinter, laissait quelquefois son élève faire seul ses promenades lointaines, à condition cependant qu'il reviendrait toujours avant la nuit.

Un jour il partit comme à son ordinaire, mais l'heure habituelle de son retour se passa sans qu'il reparût au château. Mullern, occupé à vider une vieille bouteille de rhum avec M. Bettemann, ne s'aperçut pas d'abord de l'absence de Henri; cependant la nuit étant avancée, il demanda si M. le comte était de retour, et on lui répondit que non. Alors il commença à éprouver quelques inquiétudes; mais il présuma que Henri, s'étant éloigné plus que de coutume, n'avait pas prévu que la nuit le surprendrait avant d'arriver au château.

Cependant le temps se passait : minuit sonna, et Henri ne revenait pas. Mullern, ne pouvant plus résister à son impatience et à la crainte qu'il ne fût arrivé quelque malheur à son cher élève, fit seller un cheval, le monta, et ordonna aux autres domestiques de partir tous par différents chemins pour aller à la recherche de leur jeune maître.

Le temps était sombre : Mullern laissa prendre à son cheval la première route venue, en ayant soin de lui presser les flancs de manière à ce qu'il ne s'endormît pas. Après avoir galopé assez longtemps sans découvrir âme qui vive, Mullern aperçoit enfin une petite lumière dans l'éloignement : aussitôt il dirige sa course de ce côté, espérant apprendre enfin quelque chose touchant l'objet de ses recherches.

La lumière que Mullern avait aperçue venait de la croisée d'une ferme située au milieu des champs. Mullern frappe rudement à la porte : un gros dogue se fait entendre et répand l'alarme dans toute la maison. — Qui frappe ainsi ? demanda une grosse voix partie du rez-de-chaussée. — Allons, ouvre butor, et on te l'apprendra. — Ouvrir à c't' heure-ci... oui-da ! Voyez-vous c' malin qui croit qu'on laisse entrer comme ça les voleux !... — Qu'appelles-tu voleur ! apprends, manant, que c'est un ancien maréchal des logis, le précepteur du fils du colonel Framberg, qui te fait l'honneur de venir chez toi. — Oui !.... va ! j' donnons dans ces gausses-là !... Allons, ouvriras-tu ? ou avec mon sabre je fais sauter la serrure. — Ah ! il est armé !.... Holà, à moi, César ! Castor ! tombez-moi sur c' coquin-là ! — En disant ces mots, le fermier ouvre la porte de la cour et lâche ses deux dogues, qui se jettent sur Mullern : celui-ci, furieux de ce que le paysan n'a pas eu plus de respect en entendant prononcer ses titres et qualités, entre à cheval dans la cour, coupe la tête avec son sabre au premier dogue qui se présente à lui, saute à bas de son cheval, se précipite dans la pièce où était le fermier, et cherche celui sur lequel il veut exercer sa vengeance. Mais ce dernier, pris de crainte en voyant à quel démon il a affaire, prend la fuite pour aller réveiller les garçons de ferme et toute la maison. Mullern, que rien n'arrête, monte un escalier, puis un autre, et arrive au grenier à foin. La porte était fermée. Présumant que son homme s'y est réfugié, il la force, entre, la referme solidement, et s'occupe à faire à tâtons l'examen de l'endroit où il est.

Le plus profond silence régnait en ce lieu ; cependant, en retournant les bottes de foin, Mullern croit entendre le bruit d'une respiration entrecoupée, il s'avance, tâte doucement autour de lui, et reste fort étonné de sentir sous sa main des appas tout à fait féminins. Il continue à tâter, on ne bouge point ; ce qu'il touche lui fait bien augurer de ce qu'il ne voit pas, et, animé par la chaleur de son opération, Mullern commence par se venger sur la femme du fermier de l'affront que celui-ci lui a fait.

Mais comment la fermière se trouvait-elle là, au lieu d'être tranquillement à dormir dans son lit ?... C'est ce qu'il est bon d'apprendre au lecteur.

Le fermier était un gros homme tout rond, qui avait dû valoir son prix dans son temps ; mais il commençait à n'être plus de la première jeunesse, et la fermière, qui était une commère d'une humeur gaie et d'un tempérament robuste, trouvait depuis quelque temps que son époux n'était plus bon qu'à faire aller la ferme : c'est pourquoi elle avait jugé à propos de lui adjoindre son premier garçon, jeune homme qui promettait beaucoup, et qui soulageait le fermier dans ses fonctions conjugales.

A cet effet elle se rendait tous les soirs dans le grenier à foin, pendant que son mari s'occupait en bas à faire ses comptes de la journée, et le garçon de ferme, de son côté, était exact au rendez-vous. Ils y étaient donc tous deux ; et, dans le feu de leur conversation, ils n'avaient pas entendu celle qui avait lieu entre Mullern et le fermier. Ce n'est qu'au moment où celui-ci lâcha ses chiens que le garçon de ferme avertit sa compagne qu'il se passait quelque chose en bas. La fermière était d'avis de ne point se déranger pour si peu ; mais le jeune homme, qui ne se souciait pas d'être surpris par son adjoint supérieur, laissa sa belle pour aller voir ce qui se passait. Il paraît que Mullern se vengeait vigoureusement, et que la fermière prenait plaisir à souffrir pour son mari, car notre hussard était encore en train d'exhaler sa colère, lorsque le bruit que faisaient plusieurs hommes en montant l'escalier attira l'attention de la fermière, qui devait être contente de sa nuit. — Il est là, disait le fermier à ses garçons, j'en sommes sûr !... Gros-Jean, prépare ta fourche : et toi, Pierre, tu le prendras par le milieu du corps.

Mais Pierre, qui était le garçon en question, et qui craignait qu'on ne trouvât la fermière dans le grenier, assurait à son maître que le voleur n'était pas là, et qu'il l'avait vu se sauver dans la cave. — C'est égal, dit le fermier, qui avait à cœur la mort de son chien, entrons toujours là, et s'il n'y est pas j' varrons toujours ben ailleurs par après. En disant ces mots, il se mit à taper sur la porte à coups de fourche et de balai. La fermière, qui reconnut la voix de son époux, engagea Mullern, auquel elle portait le plus tendre intérêt, à se sauver sans délai, s'il ne voulait pas être étranglé par son mari. Mullern, dont les sens étaient rafraîchis par la vengeance qu'il avait prise, ne demandait pas mieux que de s'échapper, pensant avec raison que toute sa valeur ne pourrait rien contre le nombre qu'il aurait à combattre. Mais par où fuir ?... Il n'y avait pour toute sortie au grenier que la porte qui était déjà gardée, et une fenêtre donnant sur la cour : la sauter, c'était éviter un péril pour tomber dans un autre ; se cacher sous les bottes de foin, on ne manquerait pas de les visiter. Que faire ?... Il fallait de la présence d'esprit pour se tirer de là ; ce fut la fermière qui en trouva le moyen.

— Eh quoi !... s'écria-t-elle, not' homme, c'est toi qui es là !.... — Tiens, jarni ! c'est Catherine ! Quoi que tu fais donc là ? — Pardine, c'est tout simple : quand j'ai entendu le tintamarre qui se faisait en bas, je me suis sauvée dans l' grenier, d' peur des voleurs... — Il n'y est donc pas, l' coquin que j' cherchons ? — Tiens, s'il y était, est-ce que j' serions restée si tranquille, oui-da... Mais attends, j' vas t'ouvrir, tu verras toi-même.

En disant cela, la fermière fit cacher Mullern, et ouvrit la porte. — Pardine, c'est ben inutile que j'y regardions, dit le fermier, puisque t'y étais !... — Quand j' vous dis, not' maître, que j' l'ons vu se sauver à la cave, reprit Pierre. — Eh bien ! descendons-y tous, mes enfants, j'ons pris ma carabine ; et, morguenne, il passera un mauvais quart d'heure. En disant ces mots, toute la troupe descendit l'escalier pour aller visiter la cave, et Mullern, qui les suivait par derrière, arriva dans la cour, y trouva son cheval, sauta dessus, et sortit de la ferme au grand galop.

Comme le jour commençait à poindre, Mullern pensa qu'il ferait bien de regagner le château, afin de voir si pendant son absence Henri ne serait pas revenu. Il commençait à distinguer dans le lointain les tours du château de Framberg, lorsque le bruit d'un cheval lui fait tourner la tête ; il s'arrête, regarde, et aperçoit Henri qui revenait tranquillement rejoindre son précepteur.

— Ah ! vous voilà donc, monsieur !.... je vous retrouve enfin !.... N'est-ce pas une belle heure pour rentrer se coucher ! — Eh ! toi-même, mon cher Mullern, d'où viens-tu ?... Ah ! ah ! ah !... comme tu es fait !... Où t'es-tu donc fourré, mon ami, pour qu'on t'ait mis dans un pareil état ?... En effet, Mullern, qui n'avait pas eu le temps de se rajuster, était couvert de foin depuis les pieds jusqu'à la tête.

— D'où je viens, monsieur ? Morbleu ! vous êtes cause que, pour courir après vous, je me suis fait de belles affaires ; j'ai forcé une maison, tué les chiens, rossé le fermier, et.... un moment plus tard, enfin, j'allais être étranglé, sans la pitié d'une femme qui a trouvé apparemment que j'étais encore trop jeune pour mourir, et qui m'a procuré les moyens de m'échapper. — Ah ! mon bon Mullern, que je suis fâché d'être la cause !... Mais aussi, pourquoi vas-tu te mettre dans la tête de courir après moi ! Je ne suis plus un enfant, et je suis assez grand pour aller tout seul. — Oh ! oui, voilà un fier homme !... je voudrais bien savoir comment, à ma place, vous vous en seriez tiré cette nuit !... Mais il ne s'agit pas de cela. J'espère, monsieur, que vous allez me dire ce que vous avez fait depuis hier. — Oui, mon ami, tu vas tout savoir, et tu verras toi-même que je n'ai pas tort. — J'en doute beaucoup, mais c'est égal, parlez. — Tu sauras donc qu'après avoir longtemps parcouru la campagne, je me trouvai surpris par la nuit et fort loin du château ; comme j'étais incertain de la route qu'il me fallait prendre pour y revenir, je m'adressai à un paysan, qui m'apprit que je n'étais qu'à deux lieues d'Offenbourg. J'avais donc fait près de six lieues en m'éloignant du château. Je pouvais m'égarer en y retournant ; je pensai qu'il était plus sage d'aller passer la nuit à la ville. J'en demandai le chemin au paysan, qui me l'indiqua, et je partis. Mais je n'avais pas fait un quart de lieue, lorsque j'aperçus une petite maison, simple, mais de bonne apparence ; je m'approche. O surprise !... des sons mélodieux parviennent jusqu'à moi, une musique divine se fait entendre, et je reste près d'une heure immobile devant cette habitation, écoutant une voix qui va jusqu'à mon cœur ! — Ah ! diable ! — Poussé enfin par la curiosité, ou plutôt par le sentiment secret qui me maîtrisait, je résolus de connaître la personne qui faisait naître en mon âme de si douces sensations !.... Je frappe, une bonne vieille m'ouvre la porte ; je demande à parler à la maîtresse de la maison. Elle m'introduit dans un petit salon ; une dame d'un âge mûr était occupée à lire, et auprès d'elle... Ah ! mon ami !... comment pourrai-je te peindre ce que l'univers a de plus parfait !... ce que la nature a formé de plus beau, un ange enfin !... — Et cet ange faisait de la musique ? — Oui, mon ami ; c'était la personne que j'avais entendue. A mon approche, elle se tut ; la vieille dame se leva, et me demanda ce qui lui procurait l'honneur de me voir. Je me nommai, et je lui racontai comment je m'étais égaré de ma route sans m'en apercevoir. Au nom du comte de Framberg, je vis un sourire de bienveillance animer sa physionomie. — Parbleu ! je le crois bien. — Elle m'offrit d'attendre le jour dans sa maison. Je lui exprimai mes craintes de la déranger. — Et cependant vous restâtes ? — Sans doute !... Je me plaçai à côté de ces dames ; la conversation s'engagea : la jeune personne paraissait timide et réservée ; mais la vieille dame, qui était un peu bavarde, m'apprit que depuis douze ans environ elles habitaient la maison où je les avais trouvées ; qu'elles ne voyaient personne, parce que le père de Pauline (c'est le nom de la jeune demoiselle) n'aimait pas la société ; qu'il était absent depuis quelque temps pour des affaires d'importance, et qu'elles attendaient avec impatience son retour, qui devait leur apprendre si le but de son voyage était rempli. — Oh ! oh ! voilà bien du mystère !... Enfin ? — Enfin, mon ami, tout en parlant ainsi, la nuit s'écoula. Dès que j'aperçus le point du jour, je me levai en faisant mes excuses à ces dames de les avoir fait veiller si tard... — Après? — Je leur demandai la permission de venir quelquefois troubler leur solitude ; la bonne dame fit d'abord quelques difficultés... — Il fallait lui dire que vous étiez mon élève. — Mais enfin elle consentit à me recevoir quelquefois, afin d'égayer un peu la solitude de sa chère Pauline, et parce qu'elle pensait que le fils du colonel Framberg était digne de cette préférence. J'étais au comble de la joie ! La jeune personne ne me parut pas fâchée de la détermination de sa tutrice, et je m'éloignai, emportant avec moi l'espoir de revoir bientôt celle qui occupera désormais toutes mes pensées ! — C'est très-bien, monsieur ; ainsi, à seize ans, vous voilà déjà amoureux !... — Oh ! pour la vie, Mullern !... — Vous avez joliment profité des leçons de sagesse que je vous ai données !... Allons, croyez-moi, laissez là votre nouvelle passion, qui ne vous conduira à rien de bon... et qui vous fera faire plutôt quelque sottise, si je n'y prends garde.... — Tu n'y penses pas, Mullern ; que j'oublie cette femme adorable !... cette femme pour qui je donnerais déjà ma vie !... Mais tu n'as donc jamais aimé ?... — Pardonnez-moi, monsieur ; j'ai aimé la gloire, le vin et les femmes ; mais quant à ces dernières cependant, je ne m'y suis jamais livré que modérément, et j'ai toujours eu soin d'éviter ces grandes passions qui vous écartent de vos devoirs, vous font vivre en don Quichotte, et vous donnent l'air d'un imbécile !... Croyez-moi, c'est ainsi que l'on est heureux, et non pas en se remplissant la tête de chimères, qui ne deviennent jamais des réalités !... — Malgré tous tes beaux discours et ta morale, dont je fais beaucoup de cas, tu ne m'empêcheras pas, mon cher Mullern, de croire que l'amour véritable est le seul bonheur sur la terre ; eh ! qu'importe que ce soit une chimère, si elle nous rend heureux ? — Allons, je vois bien que je perdrais mon temps à vous moraliser, et j'y renonce ; mais au moins je voudrais que l'objet de votre transport en fût digne, et non pas que vous vous livrassiez à une aventurière, comme un apprenti en amour !... — Ah ! garde-toi, Mullern, d'outrager celle que j'aime !... — Mais savez-vous seulement le nom de son père ? — Certainement ; il se nomme Christiern. — Christiern !... je n'ai jamais entendu ce nom-là sur le champ de bataille !... — Et pourtant il est militaire. — Militaire ! c'est bien heureux. — Ainsi tu vois que ce sont des femmes... — Je vois... je vois que nous voici au château, et qu'il est temps d'aller se coucher. En vérité, monsieur, vous me faites mener une jolie vie !... Un maréchal des logis se mettre au lit quand tout le monde se lève !... — Mais qui t'empêche de rester debout ? — C'est que je suis éreinté d'avoir galopé toute la nuit !... — Et peut-être aussi de t'être tant roulé sur le foin, ajouta Henri en riant.

Ici Mullern se mordit les lèvres et rentra dans sa chambre, de peur que ce ne fût au tour de son élève à lui donner des leçons.

### CHAPITRE VII. — Réception du colonel.

Pendant près de six mois qui s'écoulèrent après l'aventure de Henri, il se rendit tous les jours à la maison de sa belle, malgré les représentations de Mullern, et la fatigue que lui occasionnaient ces courses réitérées.

Un jour pourtant Mullern fut très-étonné en se levant de trouver encore Henri au château. — Eh quoi ! vous n'êtes pas parti ? — Non, Mullern, et je reste. — Bah ! votre dulcinée vous aurait-elle déjà joué quelques tours de sa façon ? — Ma Pauline est incapable de changer !... — Elle vous a donc dit qu'elle vous aime ? — Penses-tu que, depuis près de six mois que je la vois, nos cœurs ne se soient pas entendus, et que nos yeux n'ont pas exprimé notre amour ?... — Oh ! je vois bien que c'est une demoiselle qui connaît le service ! — Si je n'y suis pas allé ce matin, c'est que la bonne dame Reinstard (c'est le nom de celle qui lui sert de mère) m'a averti que le père de ma Pauline devait arriver d'un moment à l'autre, et qu'il pourrait se formaliser de mes visites avant d'être instruit du commencement de notre connaissance. — Ainsi vous voilà séparé de votre belle pour longtemps. — Pour longtemps !... oh ! j'espère bien d'ici à quelques jours me présenter à son père ; il me verra, il m'aimera, et... — Et si c'est un homme raisonnable, il vous mettra à la porte de chez lui. — En vérité, Mullern, tu me désespères avec tes réflexions. — Ah ! c'est que moi je ne suis pas amoureux, je dis ce que je pense.

Au bout de quinze jours, Henri, ne pouvant plus tenir à son impatience, résolut d'aller à la demeure de son amante ; mais cette fois Mullern voulut accompagner son élève, car il était bien aise de voir le père de la demoiselle, et de connaître aussi l'objet de ses affections. Henri aurait préféré aller seul, mais Mullern lui objecta qu'il était plus convenable qu'il l'accompagnât ; et que si le père de Pauline était un brave militaire, la vue d'un ancien maréchal des logis lui inspirerait plus de confiance que celle d'un jeune étourdi. Ils partirent donc tous deux. Henri, pressé par le désir de voir sa belle, faisait aller son cheval ventre à terre ; Mullern avait beau lui crier qu'il ne pouvait pas le suivre, c'était une raison de plus pour que notre jeune homme ne s'arrêtât pas.

Enfin ils aperçoivent cette maison tant désirée. Henri est bientôt en bas de son cheval ; Muller examine l'habitation, qui a peu d'apparence, et branle la tête d'un air mécontent. Henri frappe. Au bout de quelques minutes, une vieille femme vient ouvrir la porte ; mais Henri ne reconnaît plus la domestique qu'il a coutume de voir, il demande en tremblant : — M. Christiern ? — Il n'habite plus ici depuis huit jours, monsieur. — Grand Dieu ! et sa fille ? et madame Reinstard ? — Sa fille a suivi son son père, et madame Reinstard les a accompagnés. Henri reste comme frappé par la foudre ; Mullern rit aux éclats.

— Ah ! ah ! ah ! mille bombes ! je suis bien aise que vous soyez débarrassé de votre belle inconnue... — Non, fût-elle au bout de l'univers, je l'y découvrirais ! s'écrie Henri ; et il commence par interroger la bonne femme sur le départ de M. Christien ; mais il ne peut rien apprendre, sinon que les trois personnes qui habitaient la maison sont parties sans faire connaître le motif ni le but de leur voyage, et que la personne qui y demeure maintenant ne connaît nullement ses prédécesseurs. En disant ces mots, la vieille ferme la porte et laisse nos voyageurs sur le grand chemin.

Henri, désespéré, veut aller à Offembourg, parcourir les environs, se mettre en quatre pour retrouver sa belle ; mais Mullern n'entend pas raison, et il le force à reprendre avec lui le chemin du château.

Ils y étaient depuis quelques jours, Henri ne rêvant que voyages et enlèvements, et Mullern se félicitant du dénoûment de cette intrigue, lorsqu'ils apprirent que le colonel Framberg serait sous peu de retour au château.

Mullern ne se sent pas de joie. Il va revoir son colonel, son bienfaiteur ! Il met tout sens dessus dessous pour que le comte soit reçu dans ses domaines avec les honneurs qui lui sont dus.

Tous ses vassaux prennent les armes ; Mullern les exerce depuis le matin jusqu'au soir, ordonne des combats, des évolutions. M. Bettemann lui-même, qui depuis quelque temps n'était plus propre qu'à s'enivrer, M. Bettemann est forcé de porter le mousquet, de prendre part aux exercices, et de monter deux fois par jour la garde sur les remparts du château, ce qui ne laisse pas de lui déplaire fort ; mais Mullern pense que c'est le meilleur moyen de le former.

Henri oublie un moment celle qui lui fait tourner la tête, et l'arrivée de son père, qu'il n'a pas vu depuis longtemps, occupe tout à fait ses esprits ; il partage l'activité de Mullern, et attend avec impatience le moment de presser son père dans ses bras. Il arrive enfin ce moment si désiré. M. Bettemann, qui était en sentinelle ce jour-là, aperçoit de loin la voiture du colonel. Suivant les ordres de Mullern, il tire son coup de fusil pour annoncer son arrivée, et tombe par terre à la détente de l'arme à feu.

Tout est bientôt en mouvement dans le château. Mullern court relever la sentinelle ; il fait baisser le pont-levis, tous les paysans se rangent sur deux lignes. Mullern leur recommande de tirer tous ensemble dès que la voiture entrera dans le château, et M. Bettemann se sauve à la cave pour ne pas entendre ce bruit épouvantable ; mais Mullern, qui ne le perd pas de vue, court après lui, et le force à rentrer dans les rangs, en lui donnant un fusil qui, assure-t-il, fera bien moins d'effet que l'autre.

Enfin le bruit des chevaux se fait entendre, la voiture passe le pont-levis, Mullern donne le signal : tous les paysans tirent à la fois. M. Bettemann, effrayé ou électrisé par cette décharge soudaine, essaie de faire comme les autres ; mais le fusil, qui n'avait pas servi depuis longtemps, se crève et éclate dans le nez de M. Bettemann, qui se roule en hurlant sous les pieds des chevaux. Ceux-ci, que les cris du précepteur effarouchent, se mettent à galoper dans la cour à tort et à travers, faisant fuir devant eux les vassaux du colonel. Mullern crie à tue-tête pour rallier sa troupe ; Henri court après les chevaux, qui, stimulés par le vacarme, galopent de plus belle, et ne s'arrêtent que devant une mare, dans laquelle ils font rouler la voiture, qui écrase, en tombant, une demi douzaine de canards.

Enfin les chevaux sont arrêtés et Henri court relever son père, qui a roulé dans la mare, mais qui heureusement en est quitte pour son grand uniforme couvert de fange, et pour avoir au derrière une oie qui avait cherché son refuge près de lui, et qui s'était attachée à sa culotte.

Pendant que l'on s'occupait de l'animal qui ne voulait pas lâcher prise, Mullern s'avance d'un air consterné : — Ah ! mon colonel... daignerez-vous excuser... si la réception que je vous avais préparée a manqué son effet ? — Ce n'est rien, mon cher Mullern ; ton intention était bonne, et cela me suffit. — C'est la faute de ce b... de Bettemann, mon colonel ! — J'en serai quitte pour changer d'habit. — Et lui pour un œil, mon colonel. — Mais où est mon fils !... Mon Henri, viens donc dans mes bras !... Le jeune homme se précipite dans les bras du colonel, qui le regarde avec attendrissement en s'écriant : — C'est elle !... c'est ma Clémentine !... Et il le serre tendrement contre son cœur. Henri, de son côté, sentit naître dans son âme le sentiment profond de respect et de reconnaissance qu'il devait à celui qu'il regardait comme son père.

Après quelques instants donnés à la sensibilité, le colonel pensa qu'il ne ferait pas mal d'aller se déshabiller ; il engagea Henri à aller voir si tout était rentré dans l'ordre au château, et il fit signe à Mullern de le suivre dans son appartement.

— Eh bien ! mon cher Mullern, dit le colonel lorsqu'ils furent seuls, c'est à toi que j'ai confié mon cher Henri, il y a près de douze ans. Pendant que j'ai employé ce temps à parcourir le monde, à battre les ennemis, à me distraire enfin du souvenir déchirant de la perte d'une femme qui méritait si bien mes larmes et mes regrets, comment l'as-tu passé, toi, que j'ai chargé spécialement de former le cœur de mon fils? Tu n'as pu encore me rendre compte de tes peines, de tes soins, et de la manière dont tu t'y es pris pour faire de Henri un homme dont je n'aie jamais à rougir; dis-moi, y as-tu réussi? — Oui, mon colonel, et fièrement réussi, je m'en vante. Allez, le jeune homme est un gaillard qui fera des siennes!... — Comment!... — C'est-à-dire, mon colonel, qu'il fera parler de lui : d'abord, il est brave, j'en réponds!... et il se bat! ah! j'espère que vous le verrez vous-même, et que vous m'en ferez compliment!... — Ensuite? — Ensuite, il est humain, généreux, sensible! Oh, ça... pour sensible... — Je vois qu'il aura toutes les vertus de sa mère. — Oh! oui, mon colonel, je crains seulement que cette sensibilité-là ne le mène trop loin!... — Que veux-tu dire? — Oh! c'est que le jeune homme aura diablement du goût pour le sexe!... — Tu crois? — Parbleu, si je le crois... Ici, Mullern s'arrêta, se rappelant qu'il avait promis à Henri de cacher au colonel son aventure avec sa belle.

M. Bettemann le précepteur.

— Ainsi, Mullern, tu es donc entièrement satisfait de mon fils? — Oui, mon colonel, très-satisfait; c'est un élève qui me fera honneur un jour, j'en suis certain. Ce n'est pas qu'il n'ait bien aussi quelques petits défauts... D'abord il est violent, impatient, emporté... — Oh! oh! tu ne m'avais pas dit cela! — Mais, soyez tranquille, mon colonel, ces défauts se corrigent avec l'âge, et lorsque le cœur est bon il y a toujours du remède; et le sien l'est! oh! j'en réponds, autant que le vôtre, mon colonel!... il était digne d'être votre fils... — Que dis-tu? Mullern? s'écria vivement le colonel. Mullern se troubla, se gratta l'oreille et s'aperçut qu'il avait dit une bêtise; cependant il prit son parti et répondit : — Ma foi, mon colonel, puisque le mot est lâché, je ne chercherai pas à me rétracter; d'ailleurs, tenez, je ne sais pas dissimuler, et j'avoue que cela me coûtait d'avoir quelque chose à vous cacher, mon colonel. — Eh bien! Mullern, puisque tu sais le secret de la naissance de Henri, je ne veux plus feindre avec toi; d'ailleurs, le hasard!... les événements me forceront peut-être un jour à tout lui dire; et si je venais à perdre la vie avant de lui avoir révélé ce secret, je ne serais pas fâché qu'un autre que moi en fût dépositaire. Mais songe bien, Mullern, à ne jamais divulguer à personne ce que je vais t'apprendre, sans y être forcé par les circonstances les plus impérieuses, ou sans un ordre de ma part!... — Soyez sans inquiétude, mon colonel, je vous en donne ma parole; vous me connaissez, et vous savez que Mullern est incapable de violer son serment. Le colonel Framberg apprit alors à Mullern tout ce qui concernait la naissance de Henri, ainsi que le véritable nom de son père que Clémentine lui avait dit.

Plusieurs mois s'écoulèrent. Le colonel Framberg aimait Henri comme son fils; mais il s'aperçut cependant que l'élève de Mullern n'était pas tout à fait aussi parfait que ce dernier le lui avait dit; Henri était, malgré cela, beaucoup plus sage dans le château depuis que le colonel y était de retour.

Un jour, le comte de Framberg fit venir Henri dans son appartement, et lui parla en ces termes : — Mon cher fils, tu commences à être d'un âge où le séjour d'un vieux château habité seulement par ton père n'est plus suffisant pour toi. Tu n'as cependant que dix-sept ans, mais tu as l'air d'un homme, et je crois que je puis sans danger te livrer pour quelque temps à toi-même. — Comment! mon père? s'écria Henri. — Oui, mon ami, je veux dire que tu vas voyager, tu vas apprendre à connaître le monde. Je suis parti pour l'armée à quinze ans!... Ainsi tu vois que j'étais plus jeune que toi. — C'est donc à l'armée que vous m'envoyez, mon père? — Non, mon cher Henri; comme tu ne parais pas avoir un goût bien décidé pour le métier des armes, malgré l'éducation que Mullern t'a donnée, nous attendrons que le désir t'en vienne. Mais je ne veux pas que tu passes ta jeunesse dans ce château; tu vas voyager, parcourir le monde, cela te formera tout à fait. — Et vous, mon père? — Moi, mon ami, je commence à être d'un âge où l'on préfère le repos à tous les plaisirs; je reste donc dans ce château, et j'y attendrai tranquillement ton retour, bien persuadé que la conduite que tu tiendras loin de moi ne me forcera pas d'aller te chercher. — Ah! mon père... soyez sûr que je n'oublierai jamais vos leçons. — En ce cas, c'est donc une chose arrangée : tu partiras dans huit jours. J'aurais bien voulu que Mullern t'accompagnât dans tes voyages, mais ce bon hussard, dont je suis séparé depuis longtemps, sera la seule personne qui partagera ma solitude pendant ton absence; d'ailleurs le repos lui devient nécessaire aussi, et il restera auprès de moi. Tu prendras Franck, le fils du jardinier, pour te servir de domestique; il m'a paru intelligent : je crois que tu en seras content.

Henri, enchanté de la détermination de son père, prépara tout pour son voyage. Le souvenir de sa chère Pauline ne s'était jamais effacé de sa mémoire, et il espérait, dans le cours de ses voyages, parvenir à savoir ce qu'elle était devenue.

Le jour du départ arriva, Henri s'éloigna du château de Framberg, accompagné de Franck, et bien pourvu de tout l'argent qui lui était nécessaire. Le colonel pleura en voyant son Henri se séparer de lui, et Mullern lui-même sentit quelques larmes couler sur ses joues en quittant celui dont il avait formé la jeunesse, et pour lequel il aurait donné sa vie.

Dix-huit mois s'écoulèrent pendant lesquels Henri donna assez régulièrement de ses nouvelles; mais au bout de ce temps les lettres cessèrent. Le colonel et Mullern, alarmés tous deux de ce silence, ne savaient qu'en conclure. Enfin le colonel se décida à faire prendre des informations sur la conduite de son fils, et apprit qu'elle n'était pas aussi exemplaire qu'il s'était plu à le croire, et que le jeune homme se livrait à toutes ses passions. D'abord Mullern prit le parti de son élève, et chercha à l'excuser auprès du colonel en lui répétant qu'il fallait que jeunesse se passât, et que lui, étant jeune, en avait fait bien d'autres. Le colonel finissait toujours par s'apaiser; mais bientôt une nouvelle plus importante vint mettre fin aux discours de Mullern : on apprit au colonel que son fils était à Strasbourg avec une jeune personne inconnue qu'il était sur le point d'épouser. Le colonel pensa qu'il était de son devoir de prévenir la sottise que Henri était prêt à faire, et il se décida à partir pour Strasbourg avec Mullern.

— Ah! il a le diable au corps avec les femmes, ce jeune homme-là!... s'écriait Mullern en voyageant avec son colonel. Je lui avais bien dit que cela lui jouerait de mauvais tours!... Mais, ventrebleu! j'aurais plutôt attendri un boulet que de lui faire entendre raison!...

Le colonel ne répondait rien, mais il commençait à croire que Mullern était meilleur pour se mesurer avec l'ennemi que pour faire une éducation.

Enfin ils arrivèrent à Strasbourg, où ils apprirent que Henri était parti depuis peu pour Paris. Le colonel, sans s'arrêter, prend la route de la capitale avec Mullern; et, arrivés à Paris, ils sont informés que Henri en est reparti la veille pour retourner à Strasbourg.

— Retournons aussi à Strasbourg, dit le colonel à Mullern. — Ah! mille citadelles, mon colonel, répond Mullern, je crois que le jeune homme se moque de nous!

Nous avons vu comment, dans un chemin de traverse que le postillon avait pris pour arriver plus vite, celui-ci versa dans un fossé Mullern et son colonel; mais nous ne savons pas comment Mullern se tira de la cave où nous l'avons laissé; il est temps d'aller à son secours.

### CHAPITRE VIII. — L'Homme mystérieux.

— Miséricorde!... au secours!... s'écrie la personne sur le nez de laquelle Mullern était tombé. — Qui es-tu? parle! dit ce dernier en lui mettant son sabre sur la poitrine. — Ah! grand Dieu!... c'est un chef de voleurs!... — Répondras-tu, Jeanfesse, au lieu de te lamenter? Dis, qui es-tu? que fais-tu là? — Je suis le concierge de cette maison, et, en l'absence de mon maître, j'étais descendu à la cave, où je me suis endormi en... — En buvant le vin qu'elle renferme. Ah! je commence à comprendre!... Je te tiendrais bien volontiers compagnie, mon ami; mais mon colonel est là-haut qui attend le résultat de mes recherches, et je ne veux pas le laisser languir plus longtemps ; allons donc lui donner de la lumière ; après cela, si tu veux, nous redescendrons ici, où je t'aiderai avec plaisir à vider quelques flacons.

En disant ces mots, Mullern pousse son hôte vers l'escalier. Celui-ci, après avoir ramassé sa chandelle, monte en tremblant devant Mullern, ne sachant encore que penser de cette aventure.

Arrivé dans une pièce du haut, Carll (c'est le nom du concierge) allume sa chandelle sans oser lever les yeux sur la personne qui est avec lui. — Allons, marche devant moi, lui dit Mullern, que nous retrouvions mon colonel.

Pauline attendant la visite du jeune Henri.

Après avoir parcouru plusieurs chambres, ils rencontrent enfin le colonel et le postillon, qui étaient très-inquiets de l'absence de Mullern. — Tenez, mon colonel, dit ce dernier, voici le seul être vivant de cette maison, je l'ai découvert à la cave ! — Ah ! brave homme, dit le colonel à Carll, daignerez-vous excuser la manière dont nous nous sommes introduits dans cette maison? Carll, que la peur avait dégrisé, écoutait avec attention le colonel. — Vous n'êtes donc pas des voleurs?... s'écria-t-il quand ce dernier eut fini de parler. — Qu'appelles-tu des voleurs? dit Mullern. — Non, mon ami, reprit le colonel, nous sommes des voyageurs. Je me rendais à Strasbourg avec ce brave militaire, lorsque notre chaise a versé dans un fossé; je me suis blessé à la jambe, et n'apercevant nul abri pour passer la nuit, nous avons cherché à entrer dans cette maison, dans l'espérance que nous y trouverions quelques secours. — Oh ! dès que vous êtes des voyageurs, je suis tout à vot' service, monsieur. Mon maître est absent depuis quelques jours; en attendant qu'il revienne, je vais vous conduire dans une chambre où vous trouverez un bon lit. — A la bonne heure, mon vieux, dit Mullern en frappant sur l'épaule de Carll, voilà qui me réconcilie avec toi; je vois que tu es un bon enfant, et que nous nous arrangerons ensemble. — Mais, dit le colonel à Carll, vous m'avez dit que votre maître était absent; s'il revenait, ne craignez-vous pas qu'il vous gronde de votre généreuse hospitalité? — Non, monsieur ! répond Carll; mon maître est un homme singulier, quelquefois sombre et silencieux, ou bien gai et causeur, mais du reste je l'ai toujours vu assez humain envers tout le monde, et je ne doute pas qu'il n'approuve ma conduite à votre égard. — Eh ! morbleu! à moins que ce ne soit un ours, nous l'apprivoiserons, dit Mullern.

Le colonel, qui avait grand besoin de repos, pria le concierge de vouloir bien le conduire dans l'endroit qu'il lui destinait. Carll s'empressa de lui obéir; Mullern et le postillon portèrent le colonel sur leurs bras, car sa blessure était empirée au point qu'il ne pouvait plus se soutenir. Ils arrivèrent dans une chambre agréablement située, ayant vue sur le jardin qui était derrière la maison. Le colonel se fit mettre au lit, et engagea Mullern à aller aussi se reposer, l'assurant qu'il l'appellerait dès qu'il aurait besoin de lui.

— Ah çà ! mon brave, dit Mullern à Carll en descendant de la chambre du colonel, quoique nous soyons diablement fatigués, moi et ce grand nigaud-là (montrant le postillon) qui ne dit rien, mais qui n'en pense pas plus, je crois qu'avant de nous coucher nous ne ferions pas mal de nous restaurer un peu, car depuis près de douze heures nous n'avons rien pris, et moi je ne puis m'endormir quand j'ai le ventre creux. Voilà qui est bien parlé, monsieur Mullern, dit le postillon, et je suis tout à fait de votre avis. — En ce cas, messieurs, je je vais tâcher de vous donner à souper, mais vous mangerez ce qu'il y aura!... — Oh! nous ne sommes pas difficiles; à la guerre comme ailleurs, je mange ce qu'on me donne; mais j'ai cru m'apercevoir que la cave était bien garnie... Carll se mit à rire, et ces messieurs s'occupèrent aussitôt des préparatifs de leur souper.

Tout fut bientôt prêt, et ils se mirent à table. Mullern complimenta Carll sur son vin; le postillon ne disait pas une parole, de peur de perdre un coup de dent; et le concierge, qui avait un grand faible pour le vin, et était enchanté de trouver des gens capables de lui tenir tête, fut bientôt de très-belle humeur et fort en train de causer. Il se mit à raconter à ses hôtes la manière de vivre de son maître. — C'est un drôle d'homme, leur dit-il, que M. de Monterranville, il passe sa vie à courir les champs, à voyager je ne sais où, ou à s'enfermer dans cette maison, où il ne voit personne que moi et un grand diable que je ne connais pas. Il est tantôt triste, tantôt gai; enfin, depuis près de dix ans que j'habite avec lui cette demeure, je n'ai pas encore pu définir son caractère, ni comprendre le motif de ses fréquentes absences !...— C'est que tu n'es pas un malin, toi! triple cartouche ! on ne m'en a jamais fait accroire, à moi, et en voyant un homme j'ai toujours deviné dans ses yeux ce qu'il était !... — Bah ! dit le postillon, il y a des figures où l'on ne comprend rien du tout!... — Il y en a aussi de bien trompeuses ! reprit Carll. — Tout cela ne fait rien, mes amis, continue Mullern, un homme a beau vouloir cacher ce qui se passe dans son âme, un coup d'œil pénétrant parviendra toujours à découvrir la vérité; et je crois que, malgré toute l'astuce dont certaines gens sont capables, la nature n'a pas donné le même regard au scélérat et à l'homme vertueux : aussi, que je voie seulement une fois ton M. de Monterranville, et je t'aurai bientôt dit ce qu'il est.

Henri commença par chanter sous les fenêtres de la maison, afin d'attirer l'attention.

Après avoir encore longtemps vanté sa pénétration en physionomie, Mullern s'aperçut enfin que ses deux convives ne l'écoutaient plus et qu'ils dormaient profondément. S'étendant alors tout de son long dans un fauteuil, il ne tarda pas à les imiter, et ils ronflèrent bientôt à l'unisson.

Le lendemain le colonel n'était pas en état de se lever, il avait mal passé la nuit; et sa blessure, irritée par la fatigue qu'il avait éprouvée depuis plusieurs jours, et par l'impatience qui échauffait son sang, prenait un caractère fort alarmant. Le bon Carll, qui était un peu médecin, lui mit un appareil sur la jambe, et lui ordonna la plus grande tranquillité; c'était bien ce qui faisait le plus damner le colonel. mais il fallut se soumettre à la nécessité.

Le postillon partit pour Strasbourg, avec ordre de ramener sous peu des chevaux. Le colonel et Mullern étaient depuis huit jours dans la maison isolée, lorsque le propriétaire revint de son voyage. Le colonel était au désespoir d'être ainsi à la charge d'une personne qu'il ne connaissait pas; mais M. de Monterranville, en apprenant ce qui s'était passé dans sa maison, loua beaucoup la conduite de Carll, et monta dans la chambre du colonel, afin de l'assurer du plaisir qu'il éprouvait d'avoir pu lui être utile dans cette fâcheuse circonstance

Le colonel était dans son lit, et s'entretenait avec Mullern de la conduite de Henri, lorsque son hôte entra dans sa chambre : il s'approcha du lit du colonel en lui disant que quoiqu'il fût désespéré de l'accident qui lui était arrivé, il se félicitait de ce que c'était dans sa maison qu'il avait trouvé du secours. Pendant que le colonel répondait à ces discours obligeants, Mullern s'était retiré de côté, et s'amusait à considérer les traits de ce nouveau personnage.

M. de Monterranville était un homme d'une cinquantaine d'années, grand, maigre, d'un teint olivâtre, les yeux vifs et perçants lorsqu'il regardait quelqu'un en face, mais il les tenait ordinairement baissés; du reste d'une figure assez belle et d'une tournure distinguée.

— Je n'aime pas cet homme-là, se dit en lui-même Mullern après avoir considéré M. de Monterranville; ou je me trompe fort, ou il n'est pas franc dans ses discours.

Quant au colonel, il remercia beaucoup le propriétaire de la maison, et se félicita d'être si bien tombé. Ce dernier le quitta en le priant de faire comme chez lui.

Lorsqu'il fut parti, Mullern fit part à son colonel de ses pensées relativement à leur hôte; mais le colonel le traita de visionnaire, et ne partagea pas son opinion.

La chambre où couchait Mullern se trouvait positivement en face de celle du maître de la maison; seulement, comme elle était un étage plus haut, il pouvait distinguer par-dessus les demi-rideaux qui étaient aux fenêtres ce qui se passait dans l'appartement de ce dernier.

En rentrant se coucher, Mullern faisait ses conjectures sur la personne chez laquelle ils étaient; tout en réfléchissant, l'heure s'écoula, et il vit à sa montre qu'il était près de minuit. Il se leva pour éteindre sa chandelle, et en passant près de la fenêtre aperçut de la lumière dans la chambre de M. de Monterranville; la curiosité et le désir de voir s'il ne découvrirait pas quelque chose qui pût justifier ses idées l'engagèrent à regarder un moment chez son voisin. Il éteignit sa chandelle pour qu'on le crût couché, et se posta doucement dans une encoignure de sa croisée.

Il resta assez longtemps dans cette position sans rien voir; ennuyé d'attendre inutilement, il allait se coucher, lorsqu'il aperçut M. de Monterranville se promenant à grands pas dans sa chambre, comme un homme absorbé dans ses réflexions; il le vit ensuite ouvrir son secrétaire, en tirer plusieurs sacs d'argent, les examiner, en compter quelques-uns, puis laisser tout cela pour retomber dans ses rêveries. Ennuyé de ne pas en voir davantage, Mullern prit le parti de se coucher, fort mécontent de ne pouvoir deviner ce que tout cela voulait dire.

Le lendemain, même manége de la part de Mullern, même conduite de M. de Monterranville, si ce n'est qu'il ne toucha pas à son secrétaire; mais il continua de se promener lentement, s'arrêtant quelquefois pour se frapper le front, ou bien se jetant sur une chaise dans l'attitude du plus violent désespoir.

Mullern finit par envoyer au diable son hôte et ses promenades mystérieuses, et se coucha en pensant que M. de Monterranville était somnambule, ou qu'il avait des accès de folie.

Cependant le temps s'écoulait, la blessure du colonel se guérissait, mais lentement. Ennuyé de ne point avoir de nouvelles de Henri, et voyant bien qu'il ne pourrait courir de longtemps sur ses traces, il résolut d'envoyer Mullern en avant, pour apprendre enfin où les choses en étaient, et il le fit venir dans sa chambre pour lui faire part de son projet.

— Mullern, lui dit-il quand ils furent seuls, je ne puis résister à mon impatience, il faut absolument que je sache ce que fait maintenant Henri. — Mille bombes! mon colonel, croyez-vous que je ne le désire pas autant que vous, et que je ne fume pas aussi de vous voir encloué dans votre lit comme une vieille pièce de quarante-huit!... Mais que voulez-vous, mon colonel! il faut prendre courage... — Ecoute, Mullern; si tu le veux, j'attendrai plus patiemment ma guérison. — Si cela dépend de moi, mon colonel, vous savez que vous n'avez qu'à parler. — Eh bien! en ce cas, mon cher Mullern, tu vas partir pour Strasbourg, et courir sur les traces de Henri. — Quoi! mon colonel, vous voulez que je vous laisse seul dans cette vieille citadelle démolie?... — Pourquoi pas? — Ayant pour toute compagnie un homme qui ressemble assez à un orang-outang? — Songe donc que bientôt je serai guéri, et qu'alors j'irai te rejoindre. — Ce sera à regret que je vous quitterai, mon colonel; mais cependant, puisque vous le voulez, je dois obéir. — N'oublie pas, Mullern, que les moments sont précieux! Tu sais ce qu'on nous a dit de Henri!... Je tremble qu'il ne soit déjà marié!... — Ah! laissez donc, mon colonel, il n'osera jamais faire une telle sottise sans votre consentement... D'ailleurs, si cela est.... — Si cela est... — Oui, mon colonel, qu'est-ce que je ferai, si cela est? — Ma foi!... tu feras... ce que tu jugeras convenable; mais si, comme je l'espère, cela n'est pas, alors fais en sorte de voir l'objet qui captive le cœur de notre jeune homme, et surtout ne te laisse pas tromper par les apparences!... — Soyez tranquille, mon colonel, ce n'est pas à moi qu'on en revend, surtout en fait de femmes, et la prude la plus pincée ne me prendrait pas dans ses filets.

La chose une fois arrangée, Mullern s'occupa de son départ. Le postillon avait depuis longtemps ramené les chevaux qu'on lui avait demandés; Mullern en monta un; et après avoir bien recommandé son maître au vieux Carll, qu'il aimait beaucoup mieux que le maître de la maison, et fait ses adieux à son colonel, il prit au grand galop la route qui devait le conduire près de son élève.

Nous allons laisser le colonel chez M. de Monterranville, et voir un peu ce que fit Mullern à Strasbourg.

## CHAPITRE IX. — Encore un Grenier.

Mullern arriva à Strasbourg sur les neuf heures du soir, et entra au *Cheval Blanc*, première auberge qui se trouva sur son passage. — Allons, vite à souper pour moi et pour mon cheval! dit Mullern en entrant dans une salle de l'auberge où plusieurs voyageurs étaient rassemblés autour d'une table. — Monsieur va être servi, dit d'une petite voix flûtée une grosse dondon qui paraissait supporter à elle seule toutes les fonctions de la maison.

Mullern s'approche de la cheminée en attendant qu'on le serve; mais tout d'un coup les voyageurs et les gens de l'auberge partent d'un éclat de rire en regardant le nouvel arrivé. Celui-ci, qui n'était pas endurant, et n'aimait pas qu'on lui rît au nez sans qu'il sût pourquoi, commença par relever ses moustaches, et prenant un air rébarbatif: — Me direz-vous, messieurs, quelle est la cause de vos ricanements? — Eh! parbleu! vous devez bien voir, que c'est vous, répondit un homme à moustaches, ayant une grande rouillarde à son côté, et offrant assez la mine d'un recruteur ou de ces gens qui cherchent à dîner *gratis*, en payant à coups de poing. — Ah! c'est moi, dit Mullern en le toisant de la tête aux pieds. Eh! que trouves-tu donc de risible dans ma physionomie? — Regarde ta culotte par derrière, et tu verras que ce n'est pas ta physionomie qui nous fait rire.

Mullern regarda aussitôt, et vit que le mouvement du cheval et le galop qu'il avait couru l'avaient tellement déchirée qu'il montrait son postérieur à tous les regards; ce qu'il aurait dû sentir, mais la chaleur de sa course l'avait empêché de s'en apercevoir. — Comment! c'est cela qui te fait rire? dit Mullern au recruteur. Parbleu! il faut que tu n'aies jamais vu de derrières de ta vie pour rire ainsi en regardant le mien! — Il est vrai qu'il n'en vaut pas la peine, répondit celui-ci. — Pas la peine! reprit Mullern en le regardant de travers; je crois que tu te trouverais bien content d'en avoir un pareil, et je ne te conseille pas de t'en moquer.

Mademoiselle Jeanneton, qui probablement se connaissait en postérieurs, et trouvait celui de Mullern de son goût, s'empressa de venir mettre le holà entre ces deux messieurs, qui commençaient à s'échauffer, et entraîna Mullern devant une table sur laquelle était servi son souper, en lui disant tout bas à l'oreille qu'elle se chargeait du soin de raccommoder sa culotte. Mullern, qui comprit ce que cela voulait dire, lui pinça agréablement la fesse, la regarda en dessous, et se jeta avec avidité sur un morceau d'aloyau, afin de répondre à l'idée que mademoiselle Jeanneton avait conçue de lui.

Je ne sais si le recruteur avait aussi ses vues sur la fille d'auberge, mais, tout en fumant sa pipe et en mangeant sa côtelette, il regardait avec beaucoup d'humeur les attentions que la demoiselle paraissait avoir pour notre hussard; et celui-ci, fier de sa conquête, se retournait quelquefois d'un air qui voulait dire : Tu vois que mon derrière fait plus d'impression que tes yeux doux.

Lorsque l'heure d'aller se coucher fut arrivée, Jeanneton s'approcha de Mullern, et après lui avoir indiqué la chambre qu'il devait occuper, lui dit à l'oreille : — Laissez la clef à votre porte, j'irai bientôt vous rejoindre. — N'y manque pas, lui répondit Mullern, ou je mets la maison sens dessus dessous. Alors il prit une chandelle; et laissant le recruteur qui paraissait s'endormir à côté de sa bouteille, il monta à la chambre qui lui était destinée.

Il y était depuis plus d'une heure, attendant avec impatience que Jeanneton accomplit sa promesse; cependant le temps s'écoulait, tout le monde devait être couché depuis longtemps dans l'auberge. Il avait suivi de point en point le conseil de Jeanneton, et elle n'arrivait pas. Qui pouvait donc la retenir? Ne pouvant plus résister à ses désirs et à son impatience, Mullern se lève, passe simplement sa culotte, et se décide à aller chercher mademoiselle Jeanneton dans toutes les parties de la maison.

Après avoir parcouru, sa chandelle à la main, de grands corridors et plusieurs chambres vides, Mullern monte un étage plus haut et continue ses recherches. Déjà il commençait à perdre l'espérance, lorsqu'en passant près de la porte du grenier il croit entendre quelque bruit; il s'arrête, écoute : des soupirs étouffés, des sons mal articulés frappent son oreille; bientôt il ne doute plus que Jeanneton ne soit occupée à lui faire une infidélité. Ne pouvant contenir sa fureur, il pousse rudement la porte, elle s'ouvre, et pour la seconde fois de sa vie il se trouve dans un grenier.

Mais quel objet frappe ses regards! En approchant des personnes sur lesquelles il veut exercer sa colère, il reconnaît le recruteur se démenant comme un enragé sur une vieille servante de soixante ans, qui depuis longtemps ne s'était pas trouvée à pareille fête.

Comment le recruteur se trouvait-il là, c'est ce qu'il est bon d'apprendre au lecteur. Ce drôle, qui lorgnait beaucoup les appas de mademoiselle Jeanneton, avait résolu de souffler cette conquête à notre hussard. A cet effet, il avait feint de s'endormir en buvant sa bouteille; et lorsque Mullern et les autres voyageurs furent éloignés, il s'empara de mademoiselle Jeanneton, qui eut toutes les peines du monde à se débarrasser de lui.

Mais Jeanneton ne voulait pas du recruteur, et brûlait du désir d'aller rejoindre le hussard; elle parvint donc à s'échapper; son brutal amant la suit à tâtons; elle monte divers escaliers pour le dérouter; mais il est toujours sur ses traces, lorsqu'au détour d'un corridor elle rencontre une vieille servante de la maison qui allait se coucher; Jeanneton la pousse au-devant du recruteur et se sauve. Celui-ci saisit la servante par ses jupons croyant tenir l'objet de ses vœux; la vieille veut crier, il ne lui en donne pas le temps; une porte ouverte est à côté d'eux; c'est celle du grenier. Le recruteur entraîne sa belle, la jette sur la paille, et...

— Mille tonnerres! s'écrie Mullern en contemplant la donzelle du recruteur, je ne te croyais pas des goûts si baroques... Ne te dérange pas, l'ami!... Oh! je ne veux pas t'enlever une si bonne aubaine!.....

Le recruteur est furieux en voyant les traits et les appas de celle qu'il a prise pour Jeanneton; Mullern rit aux éclats, ce qui augmente encore son dépit. — Sac... mille morts! s'écrie-t-il, il faudra donc que ce Jeanfesse-là vienne toujours fourrer son nez dans mes affaires?

Mullern, qui lui en voulait beaucoup depuis l'aventure de sa culotte, lui allonge, au nom de Jeanfesse, un coup de pied qui le fait retomber sur le malheureux objet de sa méprise. Le recruteur se lève et saute sur Mullern, en saisissant une fourche qui se trouve près de lui; Mullern lâche sa chandelle pour attendre de pied ferme son adversaire, et ces messieurs se tapent à qui mieux mieux. Mais, ô malheur imprévu! pendant qu'ils s'exercent à se donner des coups de poing, ils ne s'aperçoivent pas que la chandelle en tombant a mis le feu à une botte de paille; cette botte communique à d'autres, et en un instant le grenier est embrasé. La vieille, que les combattants avaient laissée étendue sur la paille, est suffoquée par la fumée, et fait retentir l'auberge de ses cris. Tout le monde se lève, on va, on vient, on court sans savoir pourquoi; mais bientôt les flammes qui sortent en tourbillons du haut de la maison avertissent les spectateurs du danger qui les menace. En vain l'aubergiste cherche à faire donner du secours, le feu a déjà fait de tels progrès qu'il est impossible de l'éteindre. Dans ce tumulte, Mullern abandonne son adversaire pour songer à la fuite, il descend, court à sa chambre, mais le feu y est déjà : il va s'en éloigner, lorsqu'il entend des cris partir de ce côté-là; il rentre et aperçoit cette pauvre Jeanneton qui était venue le trouver, et qui en l'attendant s'était mise dans son lit.

Notre hussard, qui voit Jeanneton près de périr pour lui, s'avance au milieu des flammes, la prend en chemise, à demi morte, dans ses bras, et sort de l'auberge en courant avec son précieux fardeau.

### CHAPITRE X. — La Tante de Jeanneton.

— Où sommes-nous, mon ami? dit Jeanneton à son libérateur en revenant à elle. — Ma foi, je n'en sais rien! lui répond Mullern en la posant sur un banc de pierre. Tout ce que je sais, c'est que je n'ai qu'une culotte percée, que tu es en chemise, et que s'il faisait jour, nous verrions une partie des habitants de Strasbourg en contemplation devant nous. — Je n'ai pas envie de les attendre, dit Jeanneton. Mais quoi, le feu aurait-il brûlé toute l'auberge? — Je le crois bien... Du train dont il allait, il brûlera toute la ville si on n'y prend garde. — Comment faire? Nous ne pouvons pas rester tout nus sur cette place. — Non, ça serait trop hasarder. — Ah! il me vient une idée : j'ai une tante blanchisseuse en fin dans ce quartier-ci, il faut l'aller trouver; c'est une bonne femme, et elle nous recevra bien. — Soit, allons chez ta tante. Et voilà Mullern et Jeanneton, bras dessus bras dessous, en chemise, qui vont chez la blanchisseuse de fin.

Après avoir marché assez longtemps, ils arrivent dans une petite rue étroite et sale, et s'arrêtent devant une allée : c'était là que demeurait la tante de Jeanneton. Mullern frappe quatre coups, que la bonne femme, qui demeurait au quatrième étage, n'entend pas. — C'est qu'elle a l'oreille un peu dure, et qu'elle dort toujours comme un sabot, dit Jeanneton. — En ce cas, répond Mullern, nous ne risquons rein que d'entrer par la fenêtre. Il frappe une seconde fois, puis une troisième; pas plus de réponse. Mullern, impatient, était d'avis de jeter des pierres dans les carreaux, lorsqu'un voisin du premier, réveillé par le bruit, entr'ouvre sa fenêtre, et demande qui frappe de la sorte au milieu de la nuit. — C'est moi, monsieur Grattelard, répond Jeanneton; je viens coucher chez ma tante. Voudriez-vous m'ouvrir, s'il vous plaît? — Ah! c'est vous, mademoiselle Jeanneton; comment! à cette heure-ci? — Oui, monsieur Grattelard; c'est que le feu a pris chez M. Bouttmann l'aubergiste où j'étais, et j'ai été obligée de me sauver. — Ah! mon Dieu! est-il possible? Que m'apprenez-vous là? — Mais que fais-tu donc à la fenêtre, Bibi? dit une petite voix grêle qui sortait du fond de l'alcôve du voisin. (C'était madame Grattelard qui, ne sentant plus son époux auprès d'elle, se levait fort inquiète de ce qui l'occupait.) — Ce n'est rien, ma petite chatte; c'est mademoiselle Jeanneton qui vient coucher chez sa tante, et je vais lui ouvrir la porte. Mais remets-toi au lit, mon raton; tu pourrais t'enrhumer.

En disant ces mots, M. Grattelard ferme sa fenêtre, et descend pour ouvrir à Jeanneton. — Quel est cet original? demande Mullern à cette dernière. — C'est un ancien charcutier retiré qui vit de ses rentes avec sa chaste moitié. — Mille bombes! il paraît qu'il a peur de se casser le cou, car il ne se dépêche pas trop de descendre.

Enfin M. Grattelard paraît en pet-en-l'air et en bonnet de nuit, sa chandelle à la main. En voyant Jeanneton en chemise, il redresse son bonnet et retrousse sa robe de chambre; mais lorsqu'il aperçoit Mullern, il reste immobile devant eux, ne comprenant pas ce que cela veut dire. En deux mots, Jeanneton le met au fait de toute l'histoire, et quand il eut appris que Mullern était son libérateur, il ne s'étonna plus de ce qu'elle lui offrait un asile.

Ils montent tous les trois l'escalier, et rencontrent sur le carré du premier étage madame Grattelard, qui était bien aise de s'assurer par elle-même quelle était la personne à laquelle son mari ouvrait la porte. — Ah! ciel!... un homme nu! dit-elle en apercevant Mullern. Et au lieu de s'enfuir, elle s'avance pour le voir de plus près. — Va donc te coucher, jojote, dit M. Grattelard; je te raconterai tout ce qui s'est passé. Mais madame Grattelard, qui avait aussi aperçu Jeanneton en chemise, et qui craignait que ses appas, plus frais que les siens, ne fissent faire des comparaisons à son mari, entraîna celui-ci chez lui, en lui disant que puisqu'il avait ouvert la porte on n'avait plus besoin de ses services. Jeanneton remercia M. Grattelard, et les deux époux rentrèrent chez eux.

Voilà donc Mullern et Jeanneton devant la porte de la blanchisseuse. Ils frappent tous deux de manière à l'enfoncer; mais la bonne femme s'éveille, et vient en tremblant demander qui est-ce qui est là? — C'est moi, ma tante, lui répond Jeanneton, ouvrez vite. La vieille ouvre : nouvelle surprise de sa part en voyant Jeanneton en chemise et un homme avec elle dans le même état.

Mais Jeanneton l'a bientôt mise au fait de ce qu'il lui est arrivé; et madame Tapin (c'est le nom de la tante) saute au cou de Mullern et l'embrasse à trois reprises pour avoir sauvé sa nièce. Mullern se serait bien passé de l'accolade, mais il fallut en passer par là.

Jeanneton et Mullern avaient besoin de repos; on avisa bien vite au moyen de se faire des lits. Madame Tapin n'avait pour tout logement qu'une grande chambre où elle couchait et un petit cabinet à côté. On fit un lit pour Jeanneton dans le cabinet, et Mullern dit qu'il s'accommoderait d'une chaise pour passer la nuit. En disant cela, il regardait Jeanneton qui le comprenait très-bien, et madame Tapin consentit à tout ce qu'on voulut.

Le lit fut bientôt prêt. Jeanneton se coucha, madame Tapin en fit autant, et dès qu'elle fut endormie, Muller alla partager le lit de celle pour laquelle il avait fait violer une vieille femme, mis le feu à une maison, battu un homme, réveillé les voisins, et... En vérité il l'avait bien gagné.

Le lendemain, lorsque chacun fut levé, Mullern pensa qu'un bon déjeuner serait très-nécessaire pour réparer les fatigues de la veille; mais Jeanneton n'avait pas le sou, madame Tapin n'était pas riche et ne pouvait guère leur offrir que du pain et du lait. Mullern se ressouvint qu'il devait avoir dans sa culotte une bourse assez joliment garnie, car le colonel Framberg voulait qu'il n'épargnât ni soins ni dépenses pour retrouver son Henri. Alors la joie renaît dans tous les cœurs; Jeanneton court chercher ce qu'il faut pour le déjeuner, ainsi qu'un tailleur pour faire bien vite des habits à Mullern; et madame Tapin met tout en l'air chez elle pour préparer le repas. Pendant ce temps, Mullern réfléchit sur ce qu'il avait à faire : il pensa qu'il était aussi bien chez madame Tapin qu'à l'auberge, qu'il pourrait de même faire ses recherches en y logeant, et le résultat de ses réflexions fut qu'il demeurerait avec Jeanneton tout le temps qu'il passerait à Strasbourg.

On déjeuna gaîment : Jeanneton ne se sentait pas de joie d'avoir trouvé dans Mullern un homme tout à la fois riche et amoureux. Au demeurant, c'était une bonne fille que Jeanneton, et qui n'avait d'autre défaut que d'aimer un peu trop le sexe masculin.

Mullern leur raconta en deux mots ce qui l'amenait à Strasbourg, et promit de rester chez ces dames tout le temps qu'il y séjournerait. Madame Tapin en fut enchantée; elle voyait que Mullern aimait le bon vin et la bonne chère, et pensa que tant qu'il serait dans la maison elle ferait ce qu'elle appelait des repas de noces.

Après le déjeuner, Mullern partit pour commencer ses recherches. Il parcourut presque toute la ville sans obtenir aucun renseignement sur Henri, et revint le soir auprès de sa Jeanneton oublier les fatigues de la journée. C'est ainsi que tous les jours s'écoulaient; et chacun était satisfait : seulement madame Tapin ne comprenait pas comment un homme comme Muller, qui aimait tant à bien dîner, pouvait se contenter de coucher toutes les nuits sur une chaise.

Au bout d'une dizaine de jours, Mullern commença à croire que l'objet de ses recherches n'était plus à Strasbourg; car, après avoir en vain parcouru toute la ville, visité tous les endroits publics, il n'avait pu rencontrer Henri. Il était même déjà décidé à écrire à son colonel le peu de succès de ses démarches, et à lui demander ce qu'il devait faire, lorsqu'un soir, en entrant dans un café, Mullern reconnut Franck, le domestique de Henri, occupé à boire de la bière à une table. Mullern se garda bien de lui parler, se doutant que si Franck le voyait, il lui conterait quelque mensonge pour lui donner le change; mais il sortit aussitôt du café et attendit patiemment à la porte que Franck s'en allât, afin de le suivre sans en être aperçu.

Il n'attendit pas longtemps, au bout de quelques minutes Franck sortit du café; Mullern le suivit de manière à n'en pas être remarqué, sans pourtant le perdre de vue. Franck enfile plusieurs rues détournées, et Mullern voit avec étonnement qu'il sort de la ville. Il continue de le suivre. Mais, à peu de distance de la ville, Franck s'arrête devant une jolie petite maison, éloignée des autres habitations. Il frappe à la porte, on lui ouvre, et il entre. Mullern s'avance, examine la maison, autant que la nuit peut le lui permettre, et, pensant qu'il est trop tard pour entrer en explication, se retire bien décidé à revenir le lendemain matin.

Mais, avant de suivre Mullern, revenons un peu à notre héros, que nous avons abandonné depuis si longtemps.

## Chapitre XI. — Florence.

En sortant du château de Framberg, Henri et Franck prirent le chemin d'Offembourg. Henri ne pensait qu'à sa chère Pauline, et il espérait comme c'était près d'Offembourg qu'il l'avait connue qu'il apprendrait dans cette ville quelque chose sur son sort.

Comme Henri était assez confiant et qu'il brûlait d'ailleurs de s'entretenir de sa belle, il eut bientôt mis Franck dans sa confidence, et puis il était nécessaire que Franck fût instruit afin de mieux l'aider dans ses recherches.

Franck était un garçon intelligent, adroit, et plus propre enfin à conduire une intrigue qu'à sarcler les allées du parc de Framberg. Flatté de la confiance de son maître, il lui promit de s'en rendre digne, et de tout faire pour l'aider à retrouver celle qu'il adorait.

Arrivés à Offembourg, Henri et Franck firent, sans aucun succès, toutes les recherches possibles sur le nommé Christiern et sa fille. Las enfin de ne rien découvrir, Henri résolut de voyager, pour se distraire, dans quelques climats éloignés, s'en remettant au hasard du soin de retrouver sa chère Pauline.

Henri pensa que l'Italie, dont il avait entendu vanter les beautés, pourrait lui offrir plutôt qu'ailleurs des sujets de distraction. Ils se mirent donc en route pour Naples, voyageant à cheval, et s'arrêtant dans tous les endroits qui méritaient de fixer leur attention. Il ne leur arriva rien d'extraordinaire jusqu'à Florence, où Henri désira passer quelque temps.

La situation charmante de cette ville, située sur les bords enchanteurs de l'Arno, la beauté des édifices, les chefs-d'œuvre en tous genres qu'elle renferme, tout enivra les sens de Henri, qui, n'étant jamais sorti du château de Framberg que pour en visiter les environs, ne se doutait pas qu'il existât dans le monde un endroit aussi délicieux.

Un soir, en se promenant dans les environs de la ville, Henri entend une musique mélodieuse partir d'une maison élégante située sur les bords de l'eau.

— O mon ami!... c'est elle! elle est là!... dit Henri à Franck, c'est la même musique que j'ai entendue près d'Offembourg!... — Vous croyez, monsieur? — J'en suis sûr!... Eh! quelle autre que ma Pauline pourrait tirer de son luth des sons aussi enchanteurs!... — Ah! monsieur, il y a bien des femmes qui pincent de cet instrument-là. — N'importe, je veux absolument connaître la personne qui habite cette maison.

Quand Henri avait formé quelque projet, il fallait qu'il l'exécutât; aussi commença-t-il par chanter sous les fenêtres de la maison, afin d'attirer l'attention. Notre héros n'était pas musicien, mais il avait une belle voix, et le désir de plaire suppléait en lui au défaut de savoir: aussi bientôt la musique cessa-t-elle, et on écouta le nouveau chanteur. — Tu vois bien que c'est elle, dit Henri, elle a reconnu ma voix, et elle s'est tue pour m'entendre... — Ça n'est pas encore certain, monsieur; vous ne savez donc pas qu'en Italie on ne fait l'amour que comme ça, et qu'il n'y a rien d'étonnant à ce que l'on vous écoute?

Malgré l'avis de Franck, Henri continua de chanter, et on continua à l'écouter. Lorsqu'il eut fini, on entr'ouvrit la jalousie, et on jeta en l'air un billet attaché à un caillou. — C'est une lettre! s'écrie Henri en ramassant le papier; quand je te disais que c'était elle!... — Ce n'est pas encore sûr, monsieur, répond Franck en secouant la tête. Henri s'approche de la fenêtre, et à la faveur de quelques rayons de lumière, il lit ce qui suit:

« Aimable étranger, le son de ta voix douce et tendre a pénétré jusqu'à mon âme; je ne puis résister au désir de te connaître, et je cède aux charmes de tes accents. Rends-toi donc ce soir à minuit devant la petite porte du jardin qui est au bord de l'eau, et l'on t'introduira près de moi. »

Henri ne sait que penser après la lecture de ce billet. — Quand je vous le disais, moi, monsieur, que c'était quelque aventure galante que vous vous prépariez? — Tu es fou, répond Henri à Franck; cette femme me connaît sans doute, et elle a quelque chose à me dire. — Ah! vous convenez donc à présent que ce n'est pas votre belle demoiselle? — Mais... il est vrai que... Au surplus je verrai celle qui m'a écrit, et je saurai ce que tout cela veut dire. — Comment, monsieur! vous voulez aller à ce rendez-vous? — Pourquoi pas? — Mais, monsieur! c'est peut-être quelque piége que l'on veut vous tendre: tenez, croyez-moi, mon cher maître, n'y allez pas. — Allons, tais-toi! — Franck se tut, voyant que ce serait en vain qu'il voudrait détourner Henri de son projet, et celui-ci alla se préparer à son rendez-vous nocturne.

A l'heure dite, il se rendit seul à la petite porte du jardin. Après avoir attendu quelques minutes, il la voit s'ouvrir; une femme paraît; elle prend Henri par la main, et lui dit de se laisser conduire. Le cœur lui battait avec force en suivant sa conductrice: c'est ordinairement l'effet que produit une première aventure galante; mais ce sentiment nouveau, ce trouble inconnu sont de bien courte durée, et avec l'habitude du plaisir on en voit diminuer la jouissance.

La conductrice de Henri, après lui avoir fait parcourir plusieurs allées du jardin, l'introduit dans la maison; ils montent un petit escalier dérobé, elle ouvre une chambre, y fait entrer Henri, et se retire.

Notre héros reste quelques minutes immobile d'étonnement et d'admiration; ce qu'il voyait était bien fait pour le surprendre. Il était dans un boudoir charmant, décoré de tout ce que le luxe et le bon goût peuvent inventer de plus séduisant, et éclairé par un nombre infini de lustres dont la clarté éblouissante ajoutait à l'enchantement de cet endroit délicieux. Mais quel objet séduisant attire les regards de Henri? C'est une femme jeune et belle, parée des dons de la fortune et de la nature, qui, nonchalamment couchée sur une ottomane, accueille le jeune homme avec un sourire charmant.

— Eh bien! monsieur, vous ne me dites rien? — En vérité... madame... j'avoue que je n'ose... — Allons, je vois bien que vous êtes un enfant, et qu'il faut vous encourager... — Madame, il est vrai que la surprise... l'admiration... — L'admiration!... Vous êtes galant, monsieur. Mais venez donc vous asseoir auprès de moi, au lieu de rester immobile à me regarder. Henri ne se le fit pas répéter deux fois, et fut bientôt sur l'ottomane à côté de la charmante Italienne.

— C'est donc vous qui avez chanté, monsieur? — Oui, madame; et c'est aussi vous sans doute que j'ai entendue? — Oui, et je suis flattée que mes accents vous aient fait désirer de me connaître. — Ah! madame, lorsqu'on vous voit, on sent encore redoubler le charme qu'ils inspirent!... — Vraiment, vous dites cela d'un air à me le faire croire. Et la jolie femme abandonnait à Henri une main charmante qu'il baisait avec transport. Bientôt il obtint d'autres faveurs que l'on n'avait ni la force ni le dessein de lui refuser.

— Tu resteras ici, mon ami, dit Félicia (c'était le nom de la jolie femme) à Henri lorsqu'ils reprirent leur conversation. — Mais, ma bonne amie, je n'ai pas prévenu mon domestique, et... — Eh bien! monsieur, faut-il, pour votre domestique, que nous nous séparions sitôt, et que je vous laisse retourner à Florence au milieu de la nuit?... Oh! non; tu resteras, n'est-ce pas, mon ami?... En disant cela, Félicia entourait Henri de ses jolis bras, et celui-ci n'eut pas la force de résister.

Félicia tira une sonnette; la femme qui avait introduit Henri parut. — Lesbie, lui dit Félicia, tu vas nous apporter à souper. Ensuite elle s'approcha de sa suivante, et lui dit tout bas quelques mots que Henri ne put entendre. Mademoiselle Lesbie, qui paraissait être au fait de ces sortes d'aventures, fit lestement ce que sa maîtresse lui ordonna, et une collation recherchée fut bientôt servie à nos deux amants.

Le lecteur se doute bien que la conquête de Henri était une de ces femmes galantes dont l'Italie abonde. Félicia, après avoir été actrice pendant longtemps, s'était retirée dans la jolie maison qu'elle occupait près de Florence. Ses nombreuses conquêtes l'avaient comblée de présents; et Félicia, plus sage que beaucoup de ses compagnes, avait amassé une fortune brillante, et vivait presque en femme honnête au moment où le hasard lui fit rencontrer Henri. Sa beauté, sa tournure peu commune, la séduisirent, et elle résolut d'attacher ce bel étranger à son char. Depuis longtemps elle suivait Henri partout; dans les bals, dans les promenades, elle était toujours derrière lui sans qu'il s'en doutât; et ce qui d'abord n'avait été qu'un simple goût devint bientôt une forte passion.

Mais Félicia vit bien que Henri, novice en amour et d'un caractère romanesque, ne pouvait être séduit par des moyens ordinaires; c'est pourquoi elle tâcha de fixer son attention avec son luth, dont elle jouait fort bien. Nous avons vu comment elle réussit à enflammer l'imagination de notre jeune voyageur; nous allons voir quelles furent les suites de cette aventure.

Après une nuit passée dans les bras de sa tendre amie, Henri réfléchit à sa situation; il aurait voulu connaître davantage cette Félicia qui avait captivé ses sens. Il se reprochait même de s'être laissé entraîner trop facilement. Mais quel autre à sa place, à moins d'être un Caton, aurait été plus sage que lui? Ces réflexions raisonnables firent bientôt place aux douces impressions du plaisir. Henri n'était d'ailleurs ni d'un âge à être sage, ni d'un caractère à le vouloir.

Après avoir déjeuné près de sa belle, elle lui permit enfin de retourner pour un moment à son auberge, afin de calmer les inquiétudes de son valet.

Henri revint à Florence; mais, chemin faisant, il n'était plus le même : ce qui la veille avait à peine attiré ses regards, fixait son attention, lui paraissait charmant; il ne pensait et ne respirait que plaisir. Il trouva Franck fort peu inquiet de lui; car, ayant à peu près deviné l'aventure de son maître, il ne s'était pas mis en peine de son absence.

Henri ne tarda pas à retourner près de Félicia; il la trouva achevant sa toilette. — Où allons-nous donc, ma bonne amie? — Mon ami, le temps est superbe; nous allons dîner à la campagne, et ce soir nous reviendrons à Florence : on donne au spectacle une pièce charmante, et nous irons la voir.

Félicia fut bientôt prête; et voilà nos jeunes gens qui s'en vont en courant et faisant mille folies. Félicia n'avait pas voulu que Lesbie l'accompagnât, et Henri avait ordonné à Franck de rester à Florence, parce qu'on n'a pas besoin de domestique pour aller se promener avec ce qu'on aime.

La campagne est charmante lorsqu'on est heureux; chaque bosquet, chaque site agréable semble inviter au plaisir; le silence des bois, la majesté des forêts, répandent dans tout notre être une émotion qui élève notre âme et fait doucement battre notre cœur. Si, au contraire, quelque chagrin profond nous tourmente, la campagne ne calme pas notre douleur; le silence de la nature ne fait qu'ajouter à notre mélancolie; l'œil ne voit plus qu'avec indifférence toutes ces beautés qui s'offrent à nos regards, et l'obscurité des forêts enfante dans notre tête mille pensées sinistres, mille projets de destruction.

Henri et Félicia s'arrêtaient à tous les endroits qui leur plaisaient. Félicia avait toujours envie de se reposer lorsqu'ils passaient sous quelques bosquets bien sombres et bien touffus; Henri n'avait garde de lui refuser; mais, à force de s'asseoir et de se relever, ils finirent enfin par avoir réellement besoin de repos. — En vérité, monsieur, je puis à peine marcher!... Je ne pourrai jamais aller jusqu'à l'endroit où nous devons dîner. — Mais, madame, est-ce ma faute? Vous ai-je refusé de vous asseoir toutes les fois que cela vous a fait plaisir? — Oh! non, mon ami... Mais, tiens, nous ne nous reposerons plus, parce que... — Parce que? — Parce que tu... Mais finis donc!... Tu vois bien... Oh! cette fois-ci ce ne sera pas ma faute... Allons, monsieur, il faut nous lever. — Oui, ma bonne amie. — Ah Dieu! que les reins me font mal!... — Et moi, les genoux! — Je ne pourrai sortir de huit jours. Mon ami, une autre fois j'emmènerai Lesbie. — Et moi, Franck. — C'est cela : mais, en attendant, allons dîner. — Oh! volontiers, car j'ai une faim.... — Et moi, donc?

Nos jeunes gens se mirent à courir les champs pour chercher une maisonnette où ils pussent trouver à dîner.

— Mais, mon ami, il faut que nous nous soyons égarés, car je ne vois pas de maison. — Je le crains aussi, ma bonne amie. — Ah! mon Dieu! si la nuit allait nous surprendre dans ces lieux!... — Que veux-tu! ce serait un malheur. — Mais, mon cher, c'est que je suis très-peureuse. — Eh bien! ma bonne amie, je te défendrai si l'on nous attaque. — Voilà de belles consolations!...

Enfin, après avoir longtemps marché, ils se trouvèrent sur une route et aperçurent une maison isolée. Il était temps, car la nuit commençait à tomber. Ils coururent du côté de l'habitation, et virent avec joie que c'était justement une auberge, d'assez mince apparence à la vérité, mais qui était pour eux la manne envoyée au peuple d'Israël.

L'aubergiste, qui ne paraissait pas habitué à voir du monde, les reçut avec la plus grande politesse, leur offrant d'avance ce qu'ils pourraient désirer, et leur assurant qu'ils seraient contents du souper. — Mais que nous donnerez-vous? dit Henri à l'aubergiste. — Monsieur, vous aurez du macaroni. — Je n'en veux pas, dit Félicia; on ne mange que cela dans ce vilain pays... — Eh bien! madame, je vous donnerai du fromage et des galettes dont vous me direz des nouvelles. — Comment! s'écrie Henri, du fromage et des galettes pour se refaire l'estomac, quand on n'a pas mangé depuis le matin! — Et qu'on a bien gagné de l'appétit! dit Félicia. — Que voulez-vous, monsieur? je vous offre ce que j'ai de meilleur... — Quoi! vous n'avez pas autre chose dans toute votre maison?... — Pardonnez-moi, monsieur, j'ai bien une petite volaille que je conservais depuis quinze jours pour quelque occasion... — Diable! elle doit être tendre!... — Délicieuse, monsieur! délicieuse!... — En ce cas, faites-nous-la servir bien vite. — Ah! monsieur, c'est qu'il y a une petite difficulté... — Laquelle? — C'est qu'elle est déjà retenue par deux officiers qui sont arrivés ici avant vous, et qui sont là-haut à jouer aux cartes en attendant leur souper. — Ah! diable... c'est désagréable, dit Henri. — Mais, mon ami, dit Félicia, ces messieurs seront sans doute assez galants pour ne point refuser de céder leur souper à une dame; car, certainement, il est impossible qu'ils aient aussi faim que nous... — Ah! madame, répond l'aubergiste, vous savez que les jeunes gens ne se piquent plus de galanterie... — N'importe, monsieur l'aubergiste, reprend Henri, faites-nous le plaisir d'aller parler à ces messieurs, et tâchez de les faire consentir à notre demande. — J'y vais, monsieur, et je ferai mon possible pour cela.

L'aubergiste monta; pendant ce temps, Henri fit dresser une table pour leur souper; il n'était pas moins impatient que Félicia de savoir le résultat de la mission de leur hôte.

Ils commençaient à douter de son succès, lorsque le bruit que firent plusieurs personnes en descendant l'escalier les avertit que ces messieurs venaient répondre eux-mêmes à leur demande. — Voyons donc cette dame, disait l'un d'eux. — Est-elle jolie? disait l'autre. Henri regarda en souriant Félicia, et il s'aperçut avec étonnement qu'elle changeait de couleur.

Les deux militaires entrèrent en riant dans la salle : c'étaient deux jeunes gens assez bien faits, mais ayant l'air fort mauvais sujets. — Pardon, madame, dit l'un d'eux en s'approchant de Félicia, si nous prenons la liberté de vous offrir nous-mêmes... Mais que vois-je! je ne me trompe pas... C'est Félicia! s'écrie-t-il en s'adressant à son camarade. — Eh! oui, ma foi! c'est elle, répond l'autre.

Henri devint rouge de colère; Félicia cherchait en vain à dérober ses traits à ces messieurs, et ne savait plus quelle contenance tenir. L'un des militaires s'avance, et entourant cavalièrement Félicia de ses bras : — Comment, ma belle!... c'est toi que je revois! lui dit-il, et il veut prendre un baiser; mais Félicia le repousse avec force. — Eh quoi! s'écrie-t-il, tu fais la cruelle!... Mais, quand tu jouais les reines au grand théâtre de Naples, tu n'étais pas si méchante que cela. — Que veut dire ceci, monsieur? dit Henri en s'approchant avec fureur du militaire. — Parbleu, monsieur, vous le voyez bien, ce que cela veut dire! — C'est donc là ton nouvel amant, Félicia! reprend l'autre militaire en ricanant; je t'en fais mon compliment; il est jeune encore, tu le formeras. — Insolent! répond Henri en regardant le jeune homme avec des yeux étincelants de colère, je t'apprendrai que je n'ai pas besoin de leçons pour châtier des gens de ton espèce. En disant ces mots, Henri donne un soufflet au militaire qui était le plus près de lui. Celui-ci, furieux, tire son sabre et va fondre sur Henri; mais il pare le coup avec une table dont il se sert comme d'un bouclier. L'autre officier lâche bien vite Félicia pour venir se joindre à son camarade. Pendant ce temps, la jeune femme s'échappe de la chambre. Les deux militaires sont comme deux lions autour de Henri, mais celui-ci fait des merveilles; et tout en parant avec sa table les coups qu'ils lui portent, il leur envoie encore tout ce qu'il trouve sous sa main : les pots, les bouteilles, les chaises, les cruches, tout vole de part et d'autre dans l'auberge. L'aubergiste cherche à mettre la paix et à séparer les combattants; mais, en se mêlant parmi eux, il reçoit un coup de sabre destiné à Henri, et roule sous les bancs et les tables en criant qu'il est mort. Notre héros a le bonheur d'atteindre à la tête un des officiers en lui jetant une bouteille; le coup l'étourdit si bien qu'il tombe sans connaissance à côté de l'aubergiste. Son camarade n'en est que plus acharné contre Henri, qui, commençant à perdre ses forces, allait peut-être succomber, si une foule de paysans, que la femme de l'aubergiste était allée chercher, ne fût entrée fort à propos pour mettre fin à ce combat. Henri profite du tumulte pour gagner la porte : deux chevaux sont attachés dans la cour; il en prend un, monte dessus, et arrive à Florence au grand galop.

— Comment, monsieur, c'est vous! Je croyais que vous ne coucheriez pas ce soir ici. — Non, Franck, nous n'y coucherons pas non plus. — Que voulez-vous dire, monsieur? — Va tout de suite payer notre hôte, selle nos chevaux, et partons sur-le-champ. — Quoi! monsieur, au milieu de la nuit?... — Allons, pas de réflexions, fais ce que je te dis.

Franck se hâte d'obéir, car il voit que son maître n'est pas d'humeur à écouter ses représentations. Les chevaux prêts, Henri et Franck montent dessus, et sortent de Florence au milieu de la nuit.

## CHAPITRE XII. — Rome.

— Il faut avouer, monsieur, que c'est une drôle de chose que la destinée :... Souvent vous échouez dans vos projets au moment même de les voir réussir... Une chance heureuse vous arrive quand vous avez perdu tout espoir; et lorsque vous pensez aller au bal, crac! vous vous cassez un bras ou une jambe, et vous voilà dans votre lit pour six mois!... En vérité, monsieur, si l'on était raisonnable on ne formerait jamais de projets pour l'avenir, et l'on attendrait tranquillement que le livre des destins se débrouillât devant soi.

C'était M. Franck qui, tout en trottant à côté de son maître, s'amusait à lui faire part de ses réflexions. Quoique simple valet, Franck avait observé, réfléchi, et c'était d'après ce qu'il avait vu qu'il parlait à Henri. Les raisonnements de bien des philosophes se réduisent souvent à la destinée.

— A propos de quoi tout ce galimatias? dit Henri à Franck en sortant de ses réflexions. — A propos, monsieur, que nous voici sur la route de Rome au moment où j'y pensais le moins... et vous aussi, peut-être?... — Il a raison, dit Henri en lui-même; mais il ne voulut pas raconter à Franck une aventure qui blessait son amour-propre et qu'il voulait oublier tout à fait. — Ne sentez-vous pas qu'il pleut, monsieur? dit Franck à Henri après une heure de silence. — C'est vrai; mais que veux-tu y faire? — Ma foi, monsieur, je ne vois pas ce qui nous empêcherait de nous mettre à l'abri, plutôt que de nous faire mouiller jusqu'aux os; car je crois que c'est un orage qui se prépare — Tu as raison : eh bien! cherchons un endroit jusqu'à ce que l'orage soit passé. — C'est bien dit, monsieur, mais c'est que je n'en vois pas. — Avançons encore.

Après avoir longtemps cherché, Henri aperçut un vieux bâtiment tombant en ruines et qui paraissait totalement abandonné. — Tiens, Franck, vois-tu ces vieux murs, c'est là que nous trouverons un abri. — J'en doute, monsieur, car ce bâtiment m'a l'air en bien mauvais état, et ne sert peut-être depuis longtemps que de retraite à des voleurs. — Aurais-tu peur d'y entrer? — Ah! mon Dieu! non, monsieur; car, si c'est ma destinée d'y être assassiné, j'aurai beau faire, je ne pourrai l'éviter. — Allons, je vois que ta philosophie est bonne à quelque chose; mais pressons nos chevaux et hâtons-nous d'arriver, car l'orage augmente.

Henri et Franck arrivèrent enfin devant le vieux bâtiment, qui paraissait être un ancien couvent; ils traversèrent une cour remplie de décombres, et entrèrent sous une vaste galerie que le temps avait un peu plus ménagée. — Sais-tu bien, Franck, que cet endroit a quelque chose de romantique, et que je ne serais pas surpri squ'il nous y arrivât quelque aventure extraordinaire? — Ni moi non plus, monsieur; on dit d'ailleurs qu'elles sont très-communes en ce pays.

Ils avaient à peine fini de parler lorsqu'un bruit sourd se fit entendre au fond de la galerie. — As-tu entendu, Franck? — Oui, monsieur, c'est quelqu'un qui nous écoutait. — Avançons, dit Henri; je suis curieux de savoir ce que c'est. Franck et son maître se mirent aussitôt en marche; mais à mesure qu'ils avançaient, il leur semblait que quelqu'un s'éloignait devant eux. Au bout de la galerie, ils trouvèrent un escalier et le montèrent en tâtonnant; la personne qui fuyait ayant fait un faux pas en voulant se hâter, se laissa rouler le long des marches: Henri la retint et la saisit au collet. — Ah! par grâce! ne me tuez pas, monsieur le voleur! dit en se jetant aux pieds de Henri la personne qu'il avait arrêtée. — Qui es-tu? lui demanda celui-ci. — Un pauvre domestique qui n'a pas le sou. — Es-tu seul ici? — Non, monsieur le voleur, je suis avec mes maîtres, qui m'ont envoyé à la découverte. — Conduis-moi auprès d'eux. — Oui, monsieur le voleur, volontiers.

Henri tenait toujours l'inconnu, dont il soupçonnait la véracité; celui-ci les conduisit dans une pièce au-dessus de la galerie, ouvrit une porte et s'écria : — V'là le chef de la bande!

Henri fut très-étonné de se trouver dans une pièce où l'on avait fait un bon feu et allumé plusieurs torches, et dans laquelle était une dame d'une trentaine d'années avec une autre femme, beaucoup plus jeune, et quatre hommes, en livrée, debout derrière elle. Au cri que jeta en entrant le conducteur de Henri, la dame fit un mouvement d'effroi, et les quatre hommes sautèrent sur leurs carabines.

— Pas tant de frayeur, messieurs! dit Henri en riant; je ne suis pas un voleur, mais un voyageur, et voilà mon domestique. J'ai été bien aise de voir où cet homme me mènerait, et de savoir enfin à qui j'avais affaire.

Henri s'approcha ensuite de la dame en lui faisant ses excuses pour la frayeur qu'il lui avait causée, et lui avoua qu'il ne croyait pas trouver si grande société dans un endroit qui paraissait abandonné.

La dame lui apprit qu'elle se nommait la marquise de Belloni, qu'elle venait de faire un voyage dans une de ses terres près de Florence, et retournait à Rome, lorsque l'orage les avait surpris devant le vieux bâtiment, et qu'elle avait préféré y entrer plutôt que d'exposer les jours de ses domestiques. — Je venais d'envoyer cet homme à la découverte, ajouta-t-elle en montrant à Henri celui qui lui avait servi de guide; et comme je connais sa poltronnerie je m'attendais bien à quelques bévues de sa part, mais je suis charmée, monsieur, qu'il soit cause de notre rencontre.

Henri répondit à ce compliment de la manière la plus galante, et informa aussi la marquise de son nom et du but de son voyage. Lorsque la marquise apprit le nom et le titre de Henri, elle parut encore plus flattée de cette aventure, et il s'établit entre eux une conversation fort animée. Franck, de son côté, chercha à lier connaissance avec la jeune personne, qui paraissait être la femme de chambre de la marquise; mais mademoiselle Julia (c'était son nom) n'écoutait guère Franck et lorgnait beaucoup Henri.

La marquise et Henri oubliaient en causant que la nuit se passait; mais les domestiques qui probablement ne s'amusaient pas autant que leur maîtresse, lui firent remarquer que le jour commençait à poindre. La marquise s'informa du temps; on lui dit que l'orage était apaisé, mais que la pluie tombait toujours avec violence : alors elle pria Henri d'accepter une place dans sa voiture, puisqu'il se rendait à Rome ainsi qu'elle. Henri, qui avait remarqué les œillades de Julia, et qui trouvait la marquise fort belle femme, n'eut garde de refuser, et l'on descendit dans la cour pour se remettre en voyage.

— Ah! disait Franck en lui-même en suivant son maître, je vois bien que cette aventure, qui avait un air romanesque, finira aussi simplement qu'une autre.

Henri était dans la voiture avec les deux dames. La marquise voulut qu'il occupât le fond avec elle; mademoiselle Julia se mit devant Henri en faisant une petite moue qui lui allait à ravir. C'était une jolie petite femme que cette Julia : elle avait des yeux d'une expression admirable, et elle les portait assez habituellement sur Henri lorsqu'elle voyait que sa maîtresse ne la regardait pas. Quant à la marquise, c'était une femme parfaitement belle : sa taille noble et élégante était encore relevée par une figure d'une beauté régulière; ses cheveux étaient d'un noir éblouissant, et ses yeux, pleins de feu et de vivacité, annonçaient une âme brûlante et un caractère impétueux.

Les voyageurs arrivèrent à Rome sans autre accident; et la marquise, en quittant Henri, l'invita à venir souvent partager sa société. Henri le promit en regardant Julia, qui ne paraissait pas désirer moins vivement que sa maîtresse qu'il se rendît à son invitation.

— Au moins, disait en lui-même Henri en parcourant les rues de Rome pour chercher à se loger, cette femme-là est bien une marquise, et n'a fait les princesses sur aucun théâtre.

Après avoir choisi l'auberge la plus élégante de la ville, Henri fit venir divers marchands, afin de s'habiller dans le dernier goût et fort richement. — Monsieur, dit Franck à son maître, savez-vous que cette marquise-là vous ruinera si cela continue? — Imbécile! crois-tu que mon père refusera de m'envoyer tout l'argent dont j'aurai besoin? — Dame! monsieur, il n'aurait qu'à se lasser de vos voyages, et vous ordonner de retourner près de lui! — Eh bien! alors il sera temps de nous ranger.

Le soir même de son arrivée, Henri se rendit chez la marquise de Belloni. Elle demeurait dans le plus beau quartier de la ville; son hôtel était de la dernière magnificence, et tout chez elle respirait le luxe et la splendeur.

Une société brillante et nombreuse était réunie chez la marquise. Cette dernière reçut Henri de la manière la plus gracieuse et le présenta aux personnes les plus distinguées, qui, sur la recommandation de la marquise, comblèrent Henri de politesses et eurent pour lui tous les égards.

Notre héros ne s'était pas encore trouvé dans un cercle aussi brillant. Entouré de femmes charmantes qui semblaient se disputer sa conquête, et flatté des attentions de la marquise, il se crut au plus haut degré des honneurs.

Cependant, comme au milieu de tant de monde il ne pouvait pas souvent entretenir la marquise, il se mit, pour passer le temps, à une table de jeu. Bientôt la vue de l'or qui brillait devant lui échauffa son imagination; voulant d'ailleurs imiter les personnes avec lesquelles il jouait, il perdit en un moment tout ce qu'il avait sur lui.

Après s'être levé de table, il se promenait tranquillement dans le salon, examinant les divers personnages qui le remplissaient, lorsqu'il crut entrevoir à la porte d'entrée quelqu'un qui lui faisait signe de venir à lui. L'idée de Julia, qu'il n'avait pas encore vue, se présenta sur-le-champ à sa pensée; et voulant s'assurer de la vérité, il s'approcha de la marquise pour lui faire ses adieux. La marquise lui dit qu'elle l'attendait le lendemain matin pour déjeuner : Henri promit, et s'éloigna lentement du salon.

A peine avait-il franchi le seuil de la porte, qu'une femme le prit par la main en lui disant de la suivre. Henri ne reconnut pas Julia, mais cependant il se laissa conduire. La personne lui fit traverser une longue enfilade de pièces qui n'étaient pas éclairées; ensuite, s'arrêtant dans une plus petite que les autres, elle lui dit d'attendre un moment, et le laissa seul dans l'obscurité.

— Que veut dire ceci? pensa Henri quand il fut livré à lui-même. Cette aventure prend une tournure tout à fait piquante. Mais n'oublions pas que je suis en Italie, et que c'est le pays des prodiges... Après s'être préparé à tout événement, il s'assit sur un sofa, et s'endormit en attendant la suite de son aventure.

— Comment! vous dormez! dit à Henri une petite voix douce en le poussant légèrement. — C'est vous, charmante Julia! répondit Henri en s'éveillant. Il me semble que vous m'avez laissé dormir bien longtemps. Julia (car c'était elle) lui avoua qu'il y avait plus d'une heure qu'il était là, et qu'elle avait même craint qu'il ne se fût éloigné. Eh! où serais-je allé, puisque je ne connais pas les détours de cet hôtel? Mais pourquoi m'avez-vous laissé seul si longtemps? — Parce que madame la marquise m'a fait appeler, et que je n'ai pu la quitter plus tôt... Mais, laissez-moi donc, monsieur... je vous en prie, j'ai quelque chose de très-important à vous dire. — Tu me le diras une autre fois. — Non, monsieur... Mais finissez donc... Si madame la marquise venait...

Malgré les grands efforts de Julia, Henri profita de l'obscurité pour redoubler d'audace; et on lui céda une victoire qu'on n'avait jamais eu l'intention de lui refuser.

— A présent vous m'écouterez, j'espère, monsieur. — Oh! oui, ma chère Julia, je suis tout oreilles. — Vous saurez donc, monsieur, que... Ah, grand Dieu! je crois que voilà madame la marquise... — Effectivement, j'entends du bruit. — O ciel! il faut justement qu'elle passe par ici pour entrer dans sa chambre à coucher. — Eh bien! quand elle me verrait quel mal y aurait-il? — Ah! monsieur, je serais perdu sans retour. — Je dirais que je me suis égaré dans son hôtel en voulant m'en aller. — Oh! vous ne connaissez pas le caractère soupçonneux de madame la marquise; elle se douterait de quelque chose : elle vous aime, j'en suis certaine, et nous serions perdus tous deux. — Que faire alors ? — Elle approche... J'entends sa voix; il faut vous cacher. — Mais où? — Tenez! dans cette armoire; il y aura assez de place pour vous. — Mais j'étoufferai là-dedans. — Eh non! non... Ne bougez pas, et je viendrai vous délivrer sitôt que madame sera couchée.

Il était temps que Henri se cachât, car la marquise entra bientôt dans le cabinet, tenant une bougie à la main. — Ah! vous voilà, Julia. Où étiez-vous donc allée? depuis deux heures je vous cherche partout. — Mais, madame... j'étais venue dans votre appartement voir si rien ne vous manquait. — Comment donc étiez-vous sans lumière ? — Madame, c'est que... la mienne s'est éteinte... — Allons, il suffit; venez me déshabiller. — Madame se couche déjà? — Comment, déjà; mais il est près de trois heures du matin. — Ah! vous avez raison, madame.

Julia suivit la marquise en maudissant le sort qui la séparait de celui qu'elle aimait, et dans un moment où il avait tant besoin d'elle. Effectivement Henri n'était pas du tout à son aise dans une armoire faite, à la vérité, pour pendre les robes de madame, mais où il ne pouvait changer de position, et où le défaut d'air augmentait son martyre. En vain il voulut essayer d'entr'ouvrir la porte de sa cage, Julia pour plus de sûreté en avait emporté la clef, et elle ne s'ouvrait pas en dedans. — Ah! disait en lui-même Henri, mon précepteur Mullern m'avait bien dit que les femmes me feraient faire des sottises!... Enfin après une demi-heure d'anxiété Henri résolut de sortir d'une position qui devenait insupportable. D'ailleurs il aurait attendu en vain que Julia vînt à son secours; la marquise, qui paraissait soupçonner quelque chose, conduisit Julia hors du cabinet qui donnait dans sa chambre à coucher, et en referma la porte sur elle; de sorte que la pauvre enfant fut obligée d'abandonner son amant à la merci d'une autre femme; mais elle espéra que Henri, fatigué de sa soirée, s'endormirait tranquillement où elle l'avait laissé.

— Ma foi, il en arrivera ce qu'il plaira au ciel, dit Henri, mais il faut absolument que je sorte d'ici. Il commença par ébranler la porte de l'armoire, il s'aperçut avec joie qu'en la soulevant un peu elle sortait de ses gonds; il profita de sa découverte, et fut bientôt dehors; mais ce n'était pas tout; il fallait sortir de l'hôtel, et c'était le plus difficile.

Henri se trouva, en quittant sa cachette, dans la même obscurité où il était auparavant. Comment retrouver son chemin ?.... comment ne pas commettre quelque méprise ?... — Allons tout droit devant nous, dit Henri, cela me conduira toujours quelque part. Après avoir marché à tâtons, il trouva une porte ouverte, et entra dans une autre chambre. — Cherchons un peu s'il n'y a pas ici quelque escalier, disait en lui-même Henri. Et tout en marchant le long du mur, au lieu de trouver un escalier, il sentit un lit devant lui. — Diable! dit-il, c'est peut-être le lit de la marquise!... Un léger soupir qui se fit entendre l'avertit qu'il était occupé; ne se souciant pas de la déranger, il s'éloignait précipitamment, lorsqu'en passant près d'un guéridon, son habit accrocha un cabaret de porcelaine, qui se brisa en tombant sur le parquet.

— Qui est là ? dit une voix altérée que Henri reconnut pour celle de la marquise. — Que faire ?.... Ma foi, pensa Henri, il vaut mieux passer pour un amant que pour un voleur; d'ailleurs c'est le seul moyen qui me reste, et je m'en tirerai comme je pourrai. Ce parti pris, Henri s'approcha du lit de la marquise et lui dit : — Excuserez-vous ma témérité, madame ? Il n'y a qu'un amour tel que le mien qui puisse vous faire pardonner ma démarche.

— Quoi! monsieur de Framberg, c'est vous!... à cette heure!... dans ma chambre! — Oui, madame, je suis parvenu à gagner votre servante Julia; touchée de ma flamme pour sa maîtresse, c'est elle qui m'a caché dans votre appartement... — Se pourrait-il? ah! je ne m'étonne plus maintenant de son embarras!... Mais c'est une horreur!... une chose abominable!... Avoir eu l'audace de... — Quoi! vous êtes insensible à l'amour le plus tendre!... Eh bien, je m'éloigne, madame, je vous fuis pour toujours... — Arrêtez!... Et où allez-vous maintenant? Si l'on vous voit sortir de chez moi, je suis perdue!... — Eh bien! madame, qu'ordonnez-vous? — Restez donc! il le faut bien puisque c'est le seul moyen de sauver ma réputation!... Henri resta, et fit si bien que le lendemain matin la marquise l'engageait encore à ne pas la quitter.

CHAPITRE XIII. — Suite du précédent.

Le lendemain matin, au petit jour, Henri parvint à faire consentir la marquise à le laisser partir. Après lui avoir fait les plus tendres adieux, il ouvrit doucement la porte du cabinet, et descendit l'escalier; mais à peine avait-il fait quelques pas, qu'il se trouva nez à nez avec Julia. — Comment! c'est vous, monsieur? — Oui, Julia, c'est moi-même. — Et comment avez-vous fait pour sortir de l'armoire où vous étiez? — J'ai fait comme j'ai pu; mais, en vérité, ma chère Julia, je suis trop fatigué maintenant pour pouvoir te le raconter... — Si vous vouliez monter à ma chambre, maintenant que madame la marquise dort... — Non, ma bonne amie, il est temps que je retourne à mon auberge, ce soir je te dirai tout ce que tu veux savoir. En disant ces mots, Henri descendit l'escalier, et sortit précipitamment de l'hôtel de la marquise.

— En vérité, je n'y conçois rien, disait en elle-même Julia, et elle attendit avec impatience le moment de se rendre près de sa maîtresse. Vers midi, la marquise la sonna. Julia descendit en toute hâte, ne sachant si elle devait craindre ou espérer; mais elle fut agréablement surprise de voir la marquise d'une humeur charmante, et ne l'appelant que sa chère, sa bonne Julia. Ne sachant qu'augurer d'un accueil si flatteur, Julia finit par croire que sa maîtresse ne savait rien; et la marquise s'en tint avec elle aux caresses et aux amitiés, sans vouloir lui en dire davantage sur ce qu'elle pensait bien qu'elle devinait.

En rentrant chez lui, Henri écrivit au colonel, pour lui demander de l'argent, et il envoya Franck porter la lettre. Franck, qui vit sur l'adresse pour qui elle était, regarda son maître en souriant d'un air qui voulait dire : — Voilà mes prédictions accomplies. Mais Henri alla se jeter sur son lit, sans s'amuser à lui répondre, et Franck dit en lui-même : — Si c'est sa destinée de perdre son argent, il n'y a pas moyen de l'en empêcher.

Plusieurs mois s'écoulèrent de la même manière. Henri partageait son temps entre la marquise, Julia et le jeu. Le colonel lui avait envoyé l'argent qu'il avait demandé, et Henri se trouvait à même de continuer le même train de vie; d'ailleurs la chance, qui d'abord lui avait été contraire, lui était devenue plus favorable, et il se livrait avec ardeur à une passion qui lui faisait parfois négliger la marquise et Julia.

Les choses en étaient là, lorsqu'une jeune comtesse napolitaine parut dans la société de la marquise. Henri ne put la voir sans ressentir pour elle cet amour qu'il avait déjà éprouvé pour cette dernière. De son côté, la jeune comtesse ne vit pas Henri avec indifférence; mais la marquise, qui était jalouse à l'excès, lut dans les yeux de Henri sa nouvelle passion, et résolut de se venger de l'infidèle.

L'occasion ne tarda pas à se présenter. Henri reçut un billet dans lequel on l'engageait à se rendre devant la maison de la comtesse, et qu'il serait introduit près de celle qu'il aimait. Ne doutant pas que ce billet ne fût de la comtesse elle-même, Henri, au comble de ses vœux, se prépara pour son rendez-vous et envoya dire à la marquise, qui l'attendait ce soir-là, qu'il était indisposé et ne pourrait se rendre auprès d'elle.

L'heure du rendez-vous approchant, Henri se disposait à partir, lorsqu'on frappa plusieurs coups à sa porte. — C'est peut-être la marquise, dit Henri à Franck; il ne faut pas ouvrir. Mais ces mots : — Ouvrez, ouvrez sans crainte, prononcés d'une voix altérée, engagèrent Henri à voir qui ce pouvait être; il ouvrit, et vit Julia entrer dans son appartement.

— Vous êtes étonné de ma visite, monsieur, dit Julia à Henri, mais lorsque vous en connaîtrez le motif j'espère que vous me saurez gré de vous l'avoir faite. — Que voulez-vous dire, Julia? — Je veux dire, monsieur, que madame la marquise connaît votre nouvelle passion pour cette jeune comtesse napolitaine qui vient depuis peu chez elle... — Comment, Julia.... tu peux penser.... — Ah!.... monsieur, ce n'est pas moi que vous pourriez abuser, je sais lire dans votre cœur; mais je vous aime trop pour vouloir me venger lors même que je le pourrais!.... Au contraire c'est moi qui veux vous sauver du piége où vous alliez tomber. — Que veux-tu dire, Julia? — Vous avez reçu un billet ce matin. — Il est vrai. — On vous donne rendez-vous pour ce soir à minuit devant la maison où demeure la comtesse. — Mais qui donc t'a appris tout cela? — Eh! comment ne le saurais-je pas, puisque c'est madame la marquise qui vous a fait écrire ce billet? — La marquise! — Elle-même. — Et quel est son dessein? — De voir si vous la trahirez en allant au rendez-vous. — Et si j'y vais? — Elle est Italienne, c'est vous en dire assez. — Quoi! tu penses qu'elle serait capable de.... — La jalousie la rend furieuse contre vous; et si vous m'en croyez, vous n'irez pas à ce rendez-vous. — Sois tranquille, ma chère Julia; si j'y vais, je prendrai mes précautions. — Au surplus, je vous ai prévenu; maintenant je vous laisse : votre sort est entre vos mains. — Adieu, ma chère Julia! crois bien que de ma vie je n'oublierai ce que tu as fait pour moi.

En disant ces mots, Henri pressa tendrement Julia contre son cœur, et elle s'éloigna précipitamment.

— C'est une bonne fille que cette Julia, dit Franck à son maître lorsqu'elle fut partie; je n'ai pas entendu ce qu'elle vous a dit, et cependant je suis sûr que c'est pour votre bien... — Franck! — Monsieur? — Tu vas préparer deux chevaux et faire nos valises... — Quoi! monsieur... est-ce que nous partons? — Fais ce que je te dis, et attends-moi ici; dans un instant je serai de retour. — Cela suffit, monsieur.

En disant ces mots, Henri s'enveloppa dans son manteau, et courut au rendez-vous indiqué. Il était bien aise de s'assurer par lui-même jusqu'où la marquise pousserait sa vengeance; mais il avait eu soin de prendre sous son manteau une épée et une paire de pistolets.

Minuit venait de sonner quand Henri arriva devant la maison de la comtesse. — Je suis peut-être venu trop tard, dit-il en lui-même, et le coup prémédité n'aura pas lieu. En attendant il se promena devant la maison qui faisait le coin d'une petite rue sombre, et qui par sa situation isolée était bien propre à servir les desseins de la marquise.

Il attendait depuis quelques minutes, lorsqu'un homme enveloppé dans un manteau, et tenant une lanterne sourde, sortit de la petite rue et vint droit à Henri. — Vous êtes exact, lui dit-il, c'est bien : suivez-moi, je vais vous conduire chez la comtesse. — Et pourquoi n'entrons-nous pas par cette porte? demande Henri à l'inconnu. — C'est parce que vous seriez vu de tout le monde; et comme il y a une autre entrée secrète qui donne dans la rue que vous voyez, madame la comtesse m'a dit de vous introduire par là. — En ce cas, marchons, je vous suis.

Le comte de Framberg.

Henri eut l'air de suivre son guide sans défiance; mais il tira doucement ses pistolets de dessous son manteau, et se tint prêt à tout événement. A peine eurent-ils détourné le coin de la rue, que deux autres hommes, sortant d'une embuscade où ils étaient cachés, fondirent à l'improviste sur Henri; mais notre héros les reçut le pistolet au poing, et tirant sur eux à bout portant, les étendit tous deux sans vie à ses pieds.

L'homme à la lanterne ne songea qu'à prendre la fuite en voyant tomber ses camarades. Henri courut après lui, mais son assassin connaissait mieux que lui les détours de la ville, et il échappa bientôt à ses regards. Réfléchissant qu'en voulant poursuivre celui-là il pourrait en rencontrer un plus grand nombre, Henri pensa qu'il était plus prudent de regagner son auberge, et après bien des détours il parvint à la retrouver.

— Oh! oh! il paraît que la soirée a été chaude, dit Franck en voyant Henri poser ses pistolets déchargés sur une table. — Oui, mon cher Franck : tiens, recharge mes armes. — Est-ce que vous allez recommencer, monsieur? — Non, mais nous allons partir. — Ah! il me paraît que vous en avez assez... Et où allons-nous, monsieur? à Naples? — Non, j'ai assez de l'Italie. — Tant mieux, ma foi; car ce pays m'ennuyait aussi, moi... — Nous allons en France, à Paris; peut-être y serai-je plus heureux que je ne l'ai été jusqu'à présent... et y trouverai-je celle pour laquelle je donnerais ma vie! — Comment! monsieur, est-ce que vous y pensez encore? — Si j'y pense!... ah!... Franck, crois-tu que ces plaisirs bruyants, que ces passions d'un moment, qui depuis mon départ ont occupé mon esprit, aient pu effacer de mon âme le souvenir de ma chère Pauline?... Non; ces femmes si séduisantes ont rempli ma tête, troublé mes sens, mais aucune n'est parvenue jusqu'à mon cœur. — En ce cas, monsieur, je vois que c'est bien de l'amour que vous ressentez pour votre inconnue... — Oh! oui!... l'amour le plus tendre!... le plus sincère!... — Mais les chevaux sont prêts, monsieur. — Que ne le disais-tu donc?...

— Il est singulier, disait Franck en sortant de Rome avec son maître, que ce soit toujours au milieu de la nuit que nous nous mettions en voyage : ce que c'est que la destinée!...

## CHAPITRE XIV. — Paris.

Henri et Franck arrivèrent à Paris après s'être arrêtés quelque temps à Turin et à Lyon, sans qu'il leur fût arrivé rien de remarquable.

— Ma foi, monsieur, dit Franck à son maître en entrant dans la capitale des plaisirs et de la gaieté, au premier abord cette ville me plaît beaucoup plus que toutes celles que nous avons parcourues. Tenez, voyez donc tout ce monde qui va et vient; c'est un mouvement perpétuel!... A chaque pas je trouve des sujets de curiosité; on voudrait être triste ici qu'on ne le pourrait pas. Et les femmes, monsieur!... elles sont charmantes... Franchement, dites-moi, en avons-nous vu ailleurs qui aient cette tournure, cette grâce, cette élégance... qui regardent les hommes avec un sourire si flatteur, si expressif?... Ah! monsieur, je suis dans l'enchantement!... — Diable!... Franck, tu deviens éloquent! — C'est le site qui m'inspire, monsieur... — Laisse là ton site, et occupons-nous de trouver un hôtel où je puisse demeurer convenablement.

Henri se logea dans le quartier de la Chaussée-d'Antin, et le soir même de son arrivée il alla courir les spectacles et les cafés les plus fréquentés de la ville. Harassé de fatigue, il rentra à son hôtel, sur les deux heures du matin, et trouva Franck qui l'attendait d'un air un peu moins gai que le matin. — Qu'as-tu donc, Franck? lui demanda Henri. T'ennuierais-tu déjà à Paris? — Oh! non, monsieur, ce n'est pas cela... — Eh bien! pourquoi donc as-tu ce soir un air si différent de ce matin? — Ah! monsieur, c'est qu'il m'est arrivé une petite aventure... — Une aventure!... voyons ce que c'est; raconte-moi cela. — Je le veux bien, monsieur, si cela peut vous faire plaisir. Vous saurez donc qu'après que vous fûtes parti je me rendis au Palais-Royal, parce que l'on me dit que c'était l'endroit le plus curieux de la ville. J'y étais depuis plus d'une heure, occupé à admirer tout ce qu'il renferme, et m'extasiant devant chaque objet nouveau que je voyais, lorsqu'un homme très-bien mis et d'un extérieur fort honnête s'approcha de moi pour me demander le chemin de la rue de..., d'une rue enfin. Ma foi, monsieur,

Visite de Mullern et de Jeanneton à la tante blanchisseuse.

lui répondis-je, je ne la connais pas plus que vous, car j'arrive dans cette ville, où je suis tout à fait étranger. — Vous êtes étranger! me dit-il, eh bien! moi aussi; et tenez, puisque le hasard me fait vous rencontrer, si vous le voulez, nous passerons la soirée ensemble. J'acceptai, n'étant pas fâché de trouver quelqu'un avec qui causer, dans une ville où je ne connaissais personne. Nous continuâmes donc de nous promener en causant, lorsque le diable, ou plutôt le sort, voulut qu'il vînt à parler du jeu de billard... Vous savez, monsieur, que c'est mon jeu favori, et que j'y suis même d'une certaine force?... — Oh! tu me l'as déjà dit... Eh bien! sans doute, tu auras voulu y jouer? — Justement, monsieur; c'est-à-dire, c'est mon homme qui m'en proposa une

...OT ET FILS AINÉ, ... 7.

partie, et je ne manquai pas d'accepter. Nous entrâmes donc dans un café, et nous allâmes au billard : il était occupé; mais comme la partie était sur le point de finir, nous restâmes à regarder. Un des deux joueurs était beaucoup plus faible que l'autre, et mon étranger le plaisantait sur son jeu. Je parie deux louis, lui dit-il à un coup, que vous ne faites pas cette bille-là (et la bille était assez belle); la personne paria et gagna. Mon homme parut piqué d'avoir perdu, et dit qu'il prendrait sa revanche; l'occasion se présenta bientôt, c'était à la personne qui avait gagné les deux louis à jouer. Elle n'avait absolument qu'à pousser un peu pour mettre dans la blouse une bille qui y était déjà à moitié; eh bien! mon homme eut l'effronterie de dire que l'autre ne la ferait pas!... Moi, je lui répondis qu'il la ferait. Croiriez-vous, monsieur, qu'il osa me parier vingt louis que non?... J'acceptai sur-le-champ... J'avais malheureusement tout mon argent sur moi!... — Et tu as gagné! — Au contraire, monsieur!... le maladroit qui avait déjà gagné un coup cent fois plus difficile, prit si bien la bille en sens contraire, qu'au lieu de la faire il se mit lui-même dedans!..... Alors, le désespoir dans l'âme, je donnai tout ce que je possédais (j'avais les vingt louis moins six francs). Mon gageur voulut bien me faire grâce du reste, et je sortis du café en maudissant le destin qui m'avait fait rencontrer cet étranger.

Henri ne put s'empêcher de rire de l'aventure qui était arrivée à ce pauvre Franck; cependant il le dédommagea de sa perte, et l'engagea à être plus prudent une autre fois, et surtout à se défier de ces prétendus étrangers, qui ne se font passer pour tels qu'afin de mieux duper les véritables.

Henri était depuis quelques jours à Paris, lorsqu'un soir, au spectacle, il se trouva placé derrière une dame qui lui parut mériter son attention; effectivement, elle était grande, bien faite, d'une tournure agréable, d'une figure expressive, et paraissait ne pas voir avec indifférence les œillades que son voisin lui lançait. Henri, enchanté de sa nouvelle conquête, aurait bien voulu lui parler; mais elle avait avec elle un gros homme couvert de bijoux et de diamants, ayant assez l'air d'un marchand de bœufs retiré, qui paraissait aussi embarrassé de ses deux montres que de son gros ventre, et occupait à lui seul les trois quarts de la loge où était Henri. Voyant bien qu'il ne pourrait lui déclarer ses sentiments tant qu'elle aurait cet homme auprès d'elle, Henri se contenta, au sortir du spectacle, d'ordonner à Franck de suivre la voiture où elle montait, et de tâcher d'obtenir quelque renseignement sur cette dame.

Henri attendait avec impatience le retour de son valet; lorsque celui-ci arriva : — Eh bien! mon cher Franck, lui dit Henri en l'apercevant, as-tu de bonnes nouvelles à m'apprendre? — Oui, monsieur, d'excellentes. — Tu sais où demeure la dame en question? — Oui, monsieur; dans une superbe maison sur le boulevard des Italiens! — Bon! et as-tu appris quelque autre chose? — Oui, monsieur; le portier de la maison est justement fort bavard, et il n'a pas fait difficulté de causer avec moi... — Bravo, Franck! Eh bien! cette dame? — C'est une danseuse de l'Opéra, monsieur. — Une danseuse de l'Opéra!... dit en lui-même Henri, diable!... il y a beaucoup à gagner et à perdre avec ces femmes-là!... — Je sais de plus, continua Franck, que le gros homme qui était avec elle est un ancien fournisseur qui l'entretient comme une princesse!... parce que vous saurez, monsieur, que c'est le bon ton d'entretenir une danseuse de l'Opéra... — Ah! c'est le bon ton, Franck? — Oui, monsieur; aussi la vôtre a-t-elle déjà eu pour amants deux princes russes, quatre financiers, six Anglais, dix fermiers généraux, trois banquiers, et elle en est à son neuvième fournisseur. — Tu plaisantes, Franck. — Non, monsieur; je vous dis la vérité : c'est parce qu'elle est en vogue: c'est la femme à la mode, la beauté du jour : ce sont les propres paroles du portier. — Ah! c'est la femme à la mode! En ce cas, comme je veux suivre les modes, je tâterai de la danseuse. — Vous avez raison, monsieur; c'est le meilleur moyen de faire parler de vous. Je vous engage cependant à ne pas la garder longtemps, car, du train dont elle va, nous nous trouverions bientôt sur la liste des réformés. — Sois tranquille, Franck; si cette femme-là m'aime, elle ne me ruinera pas. — Ah! monsieur... chercher de l'amour chez une danseuse, c'est trop exiger. Le lendemain matin, Henri écrivit un billet doux à sa belle, et le fit porter par Franck. Celui-ci revint bientôt avec une réponse de la dame, qui engageait Henri à venir prendre le café avec elle le lendemain.

— Eh bien! Franck, dit Henri, tu vois que j'ai touché son cœur. — C'est possible, monsieur. — Mais, dis-moi, t'a-t-elle fait quelques questions? — Certainement, monsieur; elle m'a demandé votre nom, vos titres. Le comte de Framberg! a-t-elle dit quand je vous eus nommé; et sur-le-champ elle vous a répondu le billet que je viens de vous remettre. — C'est une femme qui ne reçoit pas le premier venu!... — C'est une femme dans le dernier genre!...

Henri, pour passer le temps jusqu'au lendemain, recommença ses courses de la veille, et se mit à visiter tous les endroits publics. En passant près d'une maison de jeu, le désir d'augmenter son argent, afin de faire à Paris une brillante figure, le pousse à y monter. Il pose en tremblant sur la rouge quelques louis qu'il s'attend bien à perdre : mais il gagne; il continue de jouer, la fortune continue de lui sourire; il voit qu'il a la veine, il joue plus gros jeu; et, enfin, au bout d'une heure, il sort de là avec trente mille francs de plus qu'il n'avait en entrant.

C'est pour le coup qu'il veut être à la mode et éclipser tous les élégants du jour. Il rentre à son hôtel en courant comme un fou. Franck reçoit l'ordre de louer le plus joli cabriolet, de lui envoyer tout de suite un bijoutier, un marchand de chevaux, un maître de danse : Franck, étonné, court de côté et d'autre sans savoir ce que cela veut dire, mais en rendant grâce à la destinée qui vient de faire de son maître un millionnaire.

Cependant avec trente mille francs on ne va pas loin à Paris; le bijoutier et le marchand de chevaux lui avaient déjà vendu pour plus du double. Henri vit bien qu'il n'était pas si riche qu'il le croyait; mais il pensa qu'en retournant à la roulette il pourrait en gagner davantage. En attendant il se contenta d'acheter un cheval pour son cabriolet, et une épingle en brillants pour lui; puis il renvoya ses marchands en leur promettant de les revoir bientôt.

Enfin le lendemain arriva, Henri l'attendait avec impatience; car, quoique l'on soit riche, cela n'empêche pas de s'ennuyer. Après avoir fait une toilette recherchée, Henri monta dans son cabriolet, et prit le chemin du boulevard des Italiens.

Il était près de midi; à cette heure-là les rues de Paris sont remplies de monde, surtout dans un quartier aussi fréquenté que celui où allait Henri. Notre jeune homme, brûlant du désir d'arriver chez sa belle, faisait aller son cheval comme un fou; déjà plusieurs fois il avait manqué d'écraser quelqu'un, et il ne devait qu'à son adresse d'avoir évité des malheurs; mais, en détournant une rue, il n'aperçut pas la voiture d'un charretier, qui venait de son côté; le charretier, suivant l'usage de ces messieurs, ne se dérange pas pour un cabriolet; Henri va choquer avec violence contre les roues de la charrette, son léger équipage n'était pas de force à lutter contre une pareille voiture; il tombe sur le côté, et dans sa chute renverse une vieille femme qui sortait d'une boutique où elle était allée chercher du mou pour son chat.

Les cris : Au secours!... je suis morte!... et le cabriolet dans le ruisseau, attirèrent bientôt une foule immense de ces flâneurs dont Paris fourmille. — C'est une femme écrasée par un cabriolet que conduisait un jeune homme, dit l'un. Ces freluquets-là n'en font pas d'autres.... Le cabriolet est brisé pourtant. — C'est étonnant, dit un autre, que cette petite femme ait eu la force de jeter une voiture par terre... Et pendant que l'on discourait ainsi, le charretier avait jugé à propos de s'en aller avec sa charrette, de peur qu'on ne lui fît payer les pots cassés.

Henri sortit du cabriolet en envoyant au diable les rouliers et les badauds. Franck, qui était derrière le cabriolet, avait manqué de perdre la vie; mais il en fut quitte pour un œil poché et quelques bosses à la tête. La vieille femme, qui avait eu plus de peur que de mal, mais qui cependant voulait tirer parti de l'aventure, remplissait l'air de ses cris et de ses gémissements.

Henri croyait s'en retourner tranquillement chez lui, et avait chargé Franck de relever son cabriolet, lorsque la foule qui l'entourait conseilla à la vieille de le faire aller chez le commissaire. — Chez le commissaire! s'écria Henri; et que voulez-vous que j'y fasse? — Ah! ah! mon beau monsieur; vous croyez que l'on écrase ainsi le pauvre monde, et puis qu'il n'est plus question de rien? — Mais, imbécile! c'est moi qui suis la victime de tout cela, puisque c'est mon cabriolet qui a été brisé. — Oui-da! et cette pauvre femme que vous avez écrasée, croyez-vous qu'il ne faudra pas lui donner de quoi se faire panser? — Si elle est tuée, que diable voulez-vous que j'y fasse? — C'est égal, il lui faut une consolation.

Henri vit bien que pour sortir de là il fallait de l'argent. Il s'approcha de la vieille, lui mit une quinzaine de louis dans la main, et de cette manière parvint à esquiver le commissaire. — Tiens!... que c'te vieille braillarde est heureuse! dit une commère à sa voisine. J' voudrions ben que pour la moitié de la somme il m'en arrivât tous les jours autant. — Il y a des gens qui ont du bonheur, répondit l'autre. C'est pourtant à son chat qu'elle doit cela. — Elle n'en sera pas plus riche, dit une troisième; c'est une vieille joueuse, elle va mettre tout cet argent à la loterie.

Henri revint chez lui crotté, fatigué, et surtout désespéré d'avoir manqué son rendez-vous. Cependant il se rhabilla, fit venir une voiture, et se hasarda à se présenter chez sa belle. Il fut agréablement surpris en apprenant qu'elle y était encore; il ne savait pas qu'il est du bon genre de se faire attendre deux heures partout où l'on va. Henri fut reçu comme quelqu'un que l'on connaîtrait depuis longtemps. Il vit que Franck ne l'avait pas trompé en remarquant l'élégance et la somptuosité de la demeure de la belle danseuse. Il n'avait jamais rien vu en Italie de comparable au boudoir d'une femme de l'Opera.

L'aventure arrivée à Henri fit le sujet de l'entretien du déjeuner; la dame en rit beaucoup, et lui promit que ce serait la nouvelle du jour. Henri était étonné de trouver autant d'usage et d'esprit dans une femme de théâtre; mais ce qui le surprenait le plus, c'était la réserve de ses manières et les obstacles que l'on opposait à ses transports amoureux. Henri ignorait qu'une femme qui se vend est plus difficile à vaincre qu'une femme qui se donne : l'une cède au penchant de son cœur, tandis que l'autre diffère ses faveurs afin de les faire payer davantage.

Henri et sa belle étaient a converser ensemble, lorsqu'on vint avertir la dame que quelqu'un désirait lui parler. — J'avais déjà dit que je n'y étais pour personne, s'écria-t-elle avec impatience. On lui répond que c'est quelqu'un qui veut absolument entrer. Alors elle prie Henri de passer dans son salon pour un moment, en lui disant que c'est sa marchandes de modes, et qu'elle va la renvoyer.

Henri parut consentir à s'éloigner; mais comme pour aller au salon il fallait traverser un cabinet vitré qui donnait dans le boudoir de la dame, il revint sur ses pas dès qu'il fut seul, afin de s'assurer par ses yeux de ce qui se passait dans le boudoir.

Au lieu de la marchande de modes, Henri vit entrer un jeune officier qui se jeta dans un fauteuil sans regarder la maîtresse de la maison. — Comment! c'est vous, Floricourt! lui dit celle-ci d'un air moitié riant, moitié embarrassé. — Oui, c'est moi; et je trouve bien étonnant que tu me fasses ainsi attendre dans ton antichambre. — Pouvais-je soupçonner que ce fût vous, depuis huit jours que je ne vous ai vu? — Tu croyais sans doute que c'était ton gros Mondor, et qu'il s'en irait tranquillement dès qu'on lui aurait dit que tu n'y étais pas?... Mais je ne suis pas de cette pâte-là, moi; et je me moque de tes consignes et de tes entreteneurs! — Mais, monsieur, qu'est-ce que c'est que ce ton-là?... Il vous appartient bien, à vous que j'ai comblé de bienfaits, que j'ai rhabillé des pieds à la tête, de me dire de pareilles sottises! Vous ne vous moquiez pas alors de mes conquêtes... Pourquoi ai-je été assez bonne pour me priver de tout pour monsieur? En vérité, les femmes sont bien bêtes d'avoir quelquefois des faiblesses! on n'oblige jamais que des ingrats! — Il s'agit aussi de vos dons, madame! vous m'en avez fait un qui ne me plaît pas du tout. — Monsieur, quand on reçoit quelque chose d'une femme, il faut prendre le bon comme le mauvais. — En vérité!... eh bien! moi, je t'apprendrai à ne plus me jouer de ces tours-là, et je veux faire payer le médecin à celui qui déjeunait avec toi. — Vous êtes fou, Floricourt, j'étais seule, je vous assure. — Je ne donne pas dans ces contes-là... Puisqu'il s'est caché, c'est que ce n'est pas un payant, et je lui ôterai l'envie d'y revenir.

En disant cela, le jeune homme se met à regarder partout, à donner des coups de pied sous toutes les tables. Enfin il aperçoit Henri qui était resté immobile derrière la porte vitrée; il l'ouvre précipitamment et lui donne un soufflet avant que notre héros ait eu le temps de l'éviter. Henri allait tomber sur son adversaire, lorsque la dame vint se mettre entre eux pour les séparer.

— Monsieur, dit Henri à l'officier, si vous êtes homme de cœur, vous me rendrez raison de l'insulte que vous m'avez faite. — Ah! monsieur n'est pas content! répond celui-ci en ricanant; eh bien! je lui donnerai une leçon plus forte. — Point de propos, monsieur, je ne les aime pas. Voilà mon adresse; je vous attends demain chez moi, à quatre heures du matin. En disant ces mots, Henri sortit sans daigner jeter les yeux sur la femme qui était auprès de lui.

— C'est ma faute aussi, se dit-il à lui-même en regagnant son hôtel; je n'aurais pas dû aller chez cette femme-là... Mais, depuis que je voyage, je ne fais que des sottises... Ah! mon père, si vous connaissiez la conduite de votre fils, combien je vous causerais de chagrin; et toi, bon Mullern, si j'avais mieux suivi tes conseils, je ne serais pas où j'en suis... Mais puisque le destin m'est toujours contraire, puisque je ne retrouve pas celle qui aurait fait le bonheur de ma vie, je jure de retourner bientôt à Framberg.

L'officier fut exact au rendez-vous. Henri prit ses armes, et, sans se dire un seul mot, ils se rendirent au bois de Boulogne. Là, chacun d'eux ôta son habit; et ils s'attaquèrent avec impétuosité.

Henri était moins fort sur les armes que son adversaire, mais il était de sang-froid, et savait parer adroitement tous ses coups. Bientôt l'officier en voulant atteindre Henri s'enferra dans son épée, et tomba sans vie à ses pieds. Henri retourna en courant à son hôtel; il lui semblait que l'ombre de sa malheureuse victime était attachée à ses pas. C'est une chose affreuse, en effet, de tuer un de ses semblables pour une femme que l'on méprise!... Henri faisait mille réflexions, et son âme était oppressée sous le poids du sang qu'il venait de répandre.

Franck fut effrayé en voyant son maître dans un état d'abattement qui ne lui était pas ordinaire. — Qu'avez-vous, monsieur, lui dit-il, vous serait-il arrivé quelque malheur? — Oh! oui, Franck!..... un malheur que je ne me pardonnerai jamais!... — Que voulez-vous, monsieur, c'est au destin qu'il faut vous en prendre! — Prépare tout pour notre départ, nous quitterons Paris ce matin même. — Puis-je savoir où nous allons, monsieur? — Nous retournons à Framberg; il me tarde de revoir mon père et ce bon Mullern, qui m'aimait tant. — Ma foi, monsieur, j'en suis enchanté aussi, car il n'y a rien au monde qui vaille la maison paternelle.

## CHAPITRE XV. — Une aventure d'un autre genre.

Henri et Franck cheminaient doucement sur la route d'Allemagne; le premier réfléchissant sur le triste fruit qu'il avait retiré de ses voyages. Que gagne-t-on en effet à parcourir le monde? La conviction du peu de ressemblance qui existe entre le bonheur réel et celui qu'enfante notre imagination. Quant à Franck, quoique moins sombre que son maître dans ses réflexions, il trouvait qu'une vie douce et tranquille valait bien le plaisir de courir les champs, et il félicitait ceux dont la destinée est de vivre paisiblement dans les lieux qui les ont vus naître.

A quelques lieues de Strasbourg, Henri s'arrêta dans la même forêt où, quelques mois après, le colonel Framberg et Mullern trouvèrent un asile. Désirant se reposer un moment sous son ombrage, il envoya Franck en avant, et lui ordonna de l'attendre à la première auberge de Strasbourg. La tranquillité du lieu semblait inviter le voyageur au repos. Henri, qui depuis plusieurs jours voyageait sans s'arrêter, sentit le besoin de céder un moment à la fatigue qui l'accablait. Il s'assit contre un épais buisson ombragé d'un chêne majestueux, et le sommeil ne tarda pas à venir fermer ses paupières.

Lorsqu'il se réveilla, le jour commençait à tomber; il allait se lever pour continuer sa route, quand il entend une voix de l'autre côté du buisson où il était couché : il avança doucement la tête, et aperçut deux hommes à quelques pas de lui. Leurs figures sinistres engagèrent Henri à ne pas se montrer d'abord; et comme ces deux hommes se croyaient parfaitement seuls, il entendit aisément la conversation suivante :

— Tu es donc bien sûr que c'est lui? — Oui, monsieur, j'en suis certain; et quoiqu'il y ait diablement longtemps que je l'ai vu, sa figure m'a trop frappé pour que je ne le reconnaisse pas! D'ailleurs j'ai pris dans l'auberge où il était quelques renseignements sur son compte, et je suis certain de ne pas m'être abusé. — Et tu dis qu'il va passer par cette forêt? — Oui, monsieur, il ne peut pas prendre d'autre chemin, et je me suis hâté d'aller vous trouver, afin que nous ne laissions pas échapper une aussi belle occasion... — Que penses-tu donc, Stoffar, que nous devons faire? — Parbleu! il n'y a qu'un parti à prendre, c'est de s'en débarrasser, afin qu'il ne nous inquiète plus.

Ici, Henri sentit son sang bouillonner dans ses veines, et il fut près de se jeter sur les deux scélérats qui étaient devant lui; mais il songea que ce ne serait peut-être pas le moyen de sauver leur victime, et il s'efforça de modérer son indignation. — Mais, reprit celui qui paraissait le maître, si nous nous contentions de nous saisir de sa persomme et de le tenir renfermé, nous saurions par là le forcer à nous dire ce qu'il a fait de... — Non, monsieur, interrompit l'autre, cela ne vaudrait rien du tout!... D'ailleurs où l'enfermeriez-vous?... Dans votre maison?... D'un moment à l'autre on pourrait l'y découvrir, ou bien il n'aurait qu'à se sauver!... cela nous ferait de belles affaires!... Croyez-moi, dans une circonstance comme celle-ci, il ne faut pas employer de demi-mesures. Une fois qu'il sera mort, vous serez tranquille; car lui seul est à craindre... — Tu as raison, Stoffar, et je suis décidé à... Le bruit du pas d'un cheval interrompit la conversation. — C'est lui, monsieur, dit un des hommes en se levant: il approche... Préparons-nous à le bien recevoir!

Ils se placèrent tous deux derrière des arbres. Henri, de son côté, arma ses pistolets, et, rendant grâce au ciel de ce qu'il l'avait choisi pour être le défenseur d'un infortuné, se tint prêt à tout événement. Au bout de quelques minutes, il aperçut un homme à cheval s'avancer du côté où il était. Il ne faisait pas encore assez nuit pour qu'il ne pût distinguer les traits du voyageur. C'était un homme d'une quarantaine d'années, d'une taille avantageuse, et dont la figure, douce mais mélancolique, annonçait une âme oppressée sous le poids d'un profond chagrin.

Henri sentait son cœur battre avec violence à mesure que l'inconnu s'approchait de lui, et il oubliait, en contemplant ses traits, le danger qui menaçait ses jours; mais il fut bientôt tiré de cet état par le bruit que firent les deux hommes en courant, leur sabre à la main, sur le voyageur, qui, étourdi par cette brusque attaque, n'avait pas eu le temps de prendre ses armes, et allait infailliblement succomber, si Henri, aussi prompt que l'éclair, ne se fût élancé sur les assassins. Les deux hommes, effrayés par cette subite apparition, lâchent leur victime et ne songent plus qu'à la fuite. Henri tire sur eux ses deux pistolets; l'un des deux scélérats tombe mort, l'autre n'est pas atteint et s'enfuit dans l'intérieur de la forêt.

Henri pensa qu'il serait imprudent de le poursuivre, et retourna vers celui qu'il avait sauvé. Le voyageur ne savait comment témoigner à son libérateur toute sa reconnaissance. — Vous ne me devez rien, monsieur, lui répondit Henri; en venant à votre secours, je n'ai fait que remplir le devoir d'un galant homme, et je suis certain qu'à ma place vous en eussiez fait autant. Mais, si vous m'en croyez, nous nous hâterons de quitter cette forêt et de gagner une route fréquentée, car la nuit devient sombre, et peut-être ne serions-nous pas toujours aussi heureux. — Je suis de votre avis, monsieur! répondit l'inconnu à Henri; mais vous êtes à pied, à ce qu'il me paraît? — Il est vrai, j'ai envoyé mon domestique en avant avec mon cheval, car je comptais arriver ce soir à Strasbourg. — Eh bien! montez en croupe derrière moi; de cette manière, nous serons plus tôt sortis de la forêt. Henri accepta la proposition de l'inconnu, et ils s'éloignèrent au grand galop.

Chemin faisant, ils entrèrent dans des détails relatifs à l'événement qui venait d'avoir lieu. — Je ne croyais pas, dit le voyageur à Henri, que la forêt où je devais passer fût infestée de brigands. — Vous vous trompez, monsieur, en prenant pour tels les gens qui vous ont attaqué; je suis certain, moi, que ce n'étaient pas des voleurs. Alors Henri raconta comment il avait tout entendu. Pendant son récit, il examina son compagnon, et s'aperçut qu'il y prêtait la plus grande attention. — Se pourrait-il! s'écria le voyageur lorsque Henri eut fini de parler. Mais, monsieur, n'avez-vous entendu que cela? — Pas davantage, monsieur; mais je présume que cela vous suffit pour vous mettre sur la voie. — Eh bien! monsieur, vous trompez, car je vous assure que je ne comprends rien à ce que vous venez de me dire; je ne me connais pas d'ennemis capables d'une pareille scélératesse. — Parbleu, voilà qui est étonnant!... — Je n'ai jamais nui à personne, et j'ai fait le plus de bien que j'ai pu!... — C'est souvent en faisant le bien que l'on s'attire la haine des méchants!... — Ah! vous avez raison, monsieur! et vous m'ouvrez les yeux!... Ici, le compagnon de Henri tomba dans une profonde rêverie, et celui-ci n'osa pas se permettre de le questionner.

Nos deux voyageurs arrivèrent bientôt sur une route fréquentée; et comme la nuit devenait noire, Henri pensa qu'il ferait bien d'attendre le lendemain pour se rendre à Strasbourg. Ils s'arrêtèrent devant la première auberge. — Vous allez à Strasbourg et moi j'en viens, dit le voyageur à Henri; ainsi, puisque nous suivons une route opposée, je vais vous faire mes adieux. — Quoi! vous ne vous arrêtez pas ici? lui répondit Henri. — Non: car il me tarde d'arriver à Paris, où j'ai une affaire importante à terminer; mais, comme je compte retourner bientôt à Strasbourg, j'espère que j'aurai le plaisir de vous y voir, et de faire une connaissance plus intime avec celui qui m'a conservé l'existence. Henri lui répondit qu'il ne comptait pas y faire un long séjour. — Mais, ajouta-t-il, comme je désire autant que vous que nous nous retrouvions un jour, je vous engage, si le hasard vous conduisait près des lieux que j'habite, à ne pas oublier que vous avez dans Henri de Framberg un ami qui s'estimerait heureux de pouvoir encore vous être utile. — Henri de Framberg! s'écria l'inconnu, quoi! vous seriez le fils du colonel Framberg! — Sans doute, répondit Henri. Pourquoi cet étonnement, connaîtriez-vous mon père? — J'en ai beaucoup entendu parler: le bruit de sa bravoure et de ses exploits est venu jusqu'à moi. — Eh bien! c'est une raison de plus pour venir au château, et je vous assure que vous y serez bien reçu.

L'étranger remercia Henri, le nom de Framberg l'avait jeté dans un trouble extraordinaire qui n'échappa pas aux regards de notre héros; mais il n'osa lui demander la cause de son agitation, et ils se séparèrent en se réitérant les assurances de la plus sincère amitié.

Henri entra dans l'auberge, où il se fit donner une chambre à part; là, il réfléchit à l'aventure extraordinaire qui lui était arrivée, et à la nouvelle connaissance qu'il avait faite. Malgré la différence d'âge qui existait entre Henri et l'étranger, il se sentait porté à l'aimer comme un frère, et il regretta d'avoir oublié de lui demander son nom. Il s'endormit en faisant ces réflexions, et le lendemain de bonne heure il prit la poste et partit pour Strasbourg.

## Chapitre XVI. — Il la retrouve

Henri trouva Franck qui l'attendait à l'auberge où il lui avait donné rendez-vous. Franck était inquiet de n'avoir pas vu arriver son maître la veille, et Henri lui raconta ce qui lui était arrivé.

— Vous conviendrez, monsieur, dit Franck à Henri, que vous ne vous attendiez guère à une telle aventure!... Je suis sûr que celui que vous avez sauvé a pour vous bien de la reconnaissance... Mais, c'est égal, si sa destinée est d'être assassiné, il ne l'échappera pas une autre fois.

Henri laissa Franck et sa destinée pour aller se promener dans la ville. Depuis sa aventure de la veille, ses sombres pensées s'étaient tout à fait dissipées, et il ne lui restait plus du souvenir de ses voyages et de ses folies que la ferme résolution de mieux se conduire à l'avenir.

Tout en faisant ces plans de sagesse, Henri s'aperçut qu'il était sorti de la ville; il allait retourner sur ses pas, lorsqu'il crut entendre crier au secours derrière lui: il se retourne et aperçoit une jeune femme se débattant avec un soldat qui voulait l'entraîner malgré elle. Il court sur le militaire, qui, étant ivre, lâche sa proie en voyant venir quelqu'un, puis va offrir ses services à la jeune dame; mais comment peindre sa surprise, son ravissement, en reconnaissant sa chère Pauline dans celle qu'il vient de délivrer!

— Quoi! c'est vous, mademoiselle!... — C'est vous, monsieur!... Voilà tout ce qu'ils purent se dire, tant ils étaient émus l'un et l'autre. Henri contemplait les charmes de son amie, qui s'étaient encore développés depuis qu'il ne l'avait vue; de son côté, Pauline ne pouvait s'empêcher de partager le trouble et le plaisir de Henri.

— Ah! monsieur, dit-elle enfin, combien je rends grâces au ciel de ce qu'il vous a envoyé si à propos pour me délivrer du péril que je courais! — Monsieur, répondit Henri en soupirant; monsieur!... je ne suis donc plus Henri pour vous?... Vous m'appeliez ainsi autrefois; le temps vous a fait oublier ces jours heureux que je passais auprès de vous!... Ah! Pauline!... ah! mademoiselle! j'ai donc gémi seul d'une si longue séparation!... et en vous retrouvant n'aurai-je donc pas retrouvé le bonheur?... — Henri, que vous êtes injuste!... Mais l'on m'avait tant dit que vous ne m'aimiez pas, que vous m'aviez oubliée!... Votre longue absence... le peu d'empressement que vous avez mis à savoir où j'étais... — Que dites-vous, Pauline?... Le ciel m'est témoin que depuis notre séparation j'ai fait tout ce qu'il m'était possible pour connaître l'endroit que vous habitiez! — Est-il bien vrai, Henri?... Ah! j'ai besoin de vous croire! Ce que vous me dites me fait trop de plaisir pour que je veuille en douter.

Nos deux amants oubliaient en se revoyant qu'il existât au monde autre chose que leur amour. Pauline fut la première à s'apercevoir qu'il fallait se séparer.

— Il faut nous quitter, Henri; j'oublie auprès de vous que ma bonne madame Reinstard m'attend, et qu'elle est peut-être inquiète de ma longue absence... — Où habitez-vous, Pauline? — Dans cette maison que vous voyez là-bas à la porte de la ville. J'étais sortie seule pour faire quelques emplettes, car madame Reinstard est malade, et notre vieille domestique ne pouvait pas la quitter. — Et votre père? — Mon père n'est pas à Strasbourg en ce moment; mais son absence ne doit pas être longue. — Eh bien! qu'est-ce qui m'empêche de me présenter chez vous? — Pas ce soir, mon ami! il est trop tard pour que ma bonne mère vous voie; demain vous viendrez, et nous aurons alors le temps de lui parler.

Henri consentit avec peine à quitter sa chère Pauline; mais l'espérance du lendemain lui fit reprendre courage. Il reconduisit celle qu'il adorait jusqu'à la porte de son habitation, et ne la quitta qu'avec la permission de la revoir bientôt.

Henri retourna à son auberge le cœur plein de son bonheur. Il ne fut plus question de retourner chez son père; sa Pauline occupait toutes ses pensées, toutes ses affections. Franck en apprenant que son maître avait retrouvé sa maîtresse, s'écria: — Eh bien! monsieur, c'était bien la peine que nous courussions si loin chercher une femme qui était si près de nous! Mais ça était écrit là-haut.

Le lendemain, il faisait à peine jour, que Henri était déjà sous les fenêtres de son amante. On était au mois de novembre, il commençait à faire froid. Henri se promena sous la croisée de sa belle en attendant qu'elle fût éveillée; mais Pauline, qui probablement n'avait pas beaucoup dormi, entr'ouvrit bientôt sa jalousie. — Quoi! c'est vous, mon ami, de si bonne heure!... — Ah! ma chère Pauline, pouvais-je dormir loin de vous! — Je ne dormais pas non plus, vous le voyez bien, mais c'est égal, il est de trop bonne heure, monsieur, il faut vous en aller. — Ah! Pauline, vous ne m'aimez donc pas? — Mais, mon ami, madame Reinstard dort encore. — Et moi je meurs de froid. — Vous ne pouvez cependant pas entrer. — Vous aimez mieux que je gèle sous vos fenêtres!.... — Méchant!.... Eh bien! attendez, je vais descendre.

Pauline ne tarda pas à venir lui ouvrir. Qu'elle parut jolie aux yeux de Henri! Un simple déshabillé du matin couvrait sa taille élégante; ses cheveux, négligemment retroussés, venaient ombrager un front siége de la pudeur; ses yeux, pleins d'une douce langueur, paraissaient craindre de se fixer sur ceux de son amant: tout en elle inspirait l'amour! Comment Henri aurait-il pu ne pas adorer tant de charmes? il resta immobile d'admiration devant celle qui en était l'objet; Pauline rougit de plaisir, devinant bien la cause du trouble de Henri. Quelle est la femme qui ne s'aperçoit pas du sentiment qu'elle inspire!

Pauline conduisit Henri dans un petit salon donnant sur le jardin de la maison; là ils attendirent le lever de madame Reinstard. Le temps ne leur sembla pas long; on a tant de choses à se dire quand on s'aime! Henri raconta à Pauline ses voyages et toutes les aventures qui lui étaient arrivées, en glissant cependant sur celles qui n'étaient pas de nature à être entendues par son amante.

Henri aurait bien voulu savoir ce qui était arrivé à Pauline pendant son absence... où était son père... quel était le motif de son voyage, et mille autres choses qui l'auraient mis au fait de l'origine de celle qu'il aimait et de sa situation présente; mais il n'osa pas la questionner, et il aima mieux attendre que le temps lui eût gagné sa confiance que de paraître à ses yeux curieux ou défiant.

Pauline s'aperçut enfin que l'heure était venue où elle qui lui tenait lieu de mère avait coutume de se lever pour déjeuner. Elle quitta Henri pour voler auprès de madame Reinstard en lui promettant de revenir bientôt le chercher. Pendant son absence, celui-ci s'occupa à examiner la demeure de son amie; tout y était de la plus grande simplicité, et annonçait dans ceux qui l'habitaient plus de bon goût que de richesse. — Ah! dit Henri en lui-même, elle n'est pas heureuse, j'en suis certain, et elle n'a pas assez de confiance en moi pour me faire part de ses chagrins!... Mais je saurai bien la forcer à m'en faire la confidence; j'adoucirai ses maux, et, sans blesser son orgueil, je trouverai le moyen de partager avec elle des richesses qui n'ont quelque prix à mes yeux que parce qu'elles pourront m'aider à la rendre heureuse?

Ce que Henri appelait ses richesses, c'était l'argent qu'il avait gagné au jeu à Paris, et qu'on se rappelle qu'il n'avait pas eu le temps de dissiper, puisqu'il en était parti le surlendemain.

Pauline vint le tirer de ses réflexions en lui annonçant que madame Reinstard l'attendait pour déjeuner. Il suivit son amie, et trouva la bonne dame assise auprès de son feu. Henri fut vivement frappé du changement que la maladie avait opéré en elle, la pâleur qui couvrait son visage et sa voix presque éteinte lui firent craindre qu'elle n'eût pas longtemps à vivre; mais il se garda bien de communiquer à Pauline des idées qui n'auraient pu que redoubler son chagrin.

Madame Reinstard fit à Henri l'accueil le plus flatteur, et parut charmée de le revoir. Le déjeuner se passa assez gaiement. Henri était auprès de sa Pauline: que lui fallait-il de plus pour être heureux? Quand par hasard son pied rencontrait celui de son amante, quand sa main venait à se poser sur la sienne, et qu'il pouvait lire dans les yeux de sa maîtresse le trouble qu'elle éprouvait, oh! alors il n'aurait pas changé contre tous les biens du monde le bonheur d'être auprès de son amie! Henri obtint sans peine de madame Reinstard la permission de venir quelquefois partager sa solitude: quelquefois! cela voulait dire tous les jours; c'était bien ainsi que nos amants l'entendaient. Pauline dit à Henri que depuis son absence elle avait beaucoup négligé la musique; Henri lui proposa de lui apporter le soir même une collection des morceaux les plus nouveaux et les plus jolis; Pauline lui serra doucement la main; madame Reinstard le remercia d'avance du plaisir qu'il voulait procurer à sa chère fille, et Henri s'en alla en promettant de revenir le soir même apporter à Pauline ce qu'il lui avait promis.

Un mois s'écoula pendant lequel Henri passait toutes ses matinées et ses soirées auprès de celle qu'il aimait. L'habitude en était si bien prise, que lorsqu'à son heure ordinaire Henri n'était pas chez madame Reinstard, il trouvait sa Pauline dans l'inquiétude, et regardant tristement à sa fenêtre si elle ne le verrait pas arriver. Henri était au comble de ses vœux; il était aimé de son amie; Pauline n'essayait plus de cacher à Henri tout l'amour qu'elle ressentait pour lui; et quand elle l'aurait voulu, chaque mot, chaque geste ne lui décelait-il pas ce qui se passait dans son cœur? Madame Reinstard elle-même traitait Henri comme son fils, et ressentait pour lui la plus tendre amitié. Mais aussi Henri n'était plus ce jeune homme brusque, emporté, libertin, joueur, mauvaise tête; l'amour qu'il éprouvait pour Pauline avait changé tous ses sentiments, car une passion vertueuse peut seule dompter nos autres passions.

Henri ne tarda pas cependant à s'apercevoir que sa Pauline était agitée par quelque peine secrète; madame Reinstard elle-même paraissait souvent triste et préoccupée. Henri voyait avec chagrin la santé de cette bonne dame décliner de jour en jour. Il entrevoyait pour sa Pauline mille dangers, mille embarras, si celle qui lui tenait lieu de mère venait à mourir. En vain il pressait son amante de lui avouer ses chagrins, de lui confier ses inquiétudes; Pauline évitait toujours d'aborder une question qui semblait augmenter sa douleur.

Un jour que Henri se rendait, selon sa coutume, chez celle qu'il aimait, il fut effrayé de voir la vieille domestique lui ouvrir la porte en pleurant amèrement. — Qu'est-il donc arrivé? s'écria-t-il aussitôt. — Ah! monsieur, ma bonne maîtresse est bien mal... et n'a plus, je crois, que peu de moments à vivre.

Henri vole aussitôt dans la chambre de la malade; il trouve sa chère Pauline noyée dans les larmes auprès du lit de madame Reinstard. Cette dernière, quoique faible et chancelant sur le bord du tombeau, accueille Henri avec un doux sourire, et lui adresse ces paroles d'une voix presque éteinte:

Je vous attendais avec impatience, mon cher Henri; c'est à vous que je remets ma fille chérie, c'est vous que je charge de la consoler. J'ai lu dans votre âme, j'ai deviné le sentiment que vous éprouvez pour elle; Pauline vous paye de retour: soyez donc unis et ne vous quittez jamais.

Henri presse sa Pauline dans ses bras en jurant de ne plus s'en séparer; son amie n'avait pas la force de lui répondre, tant elle était accablée par la douleur. Madame Reinstard surmonta sa faiblesse, et continua en ces termes: — Vous avez dû être étonné, mon cher Henri, du mystère qui semble envelopper toutes les actions du père de votre amie; vous ne connaissez pas cet homme vertueux!... Quand vous apprendrez ses malheurs, vous cesserez de condamner sa conduite. J'ai chargé ma femme de vous instruire de tout; il n'est plus temps de vous le cacher, et c'est en vous seul qu'elle doit mettre toute son espérance.

Ici madame Reinstard, affaiblie par l'effort qu'elle venait de faire, éprouva une faiblesse qui indiquait qu'elle n'avait plus que quelques instants à vivre. Henri et Pauline l'entourèrent de leurs bras; elle rouvrit les yeux, prit la main de sa pupille, qu'elle plaça dans celle de Henri, et s'endormit du sommeil éternel.

Henri se hâta d'arracher son amie à cette scène de douleur; il la prit dans ses bras et la porta dans sa chambre. Là, il ne chercha pas à apaiser ses regrets; mais il pleura avec elle la femme estimable qu'ils venaient de perdre: c'était la meilleure consolation qu'il pouvait lui offrir.

Lorsque quelques jours eurent un peu calmé la douleur de Pauline, Henri se hasarda à lui demander le récit qui lui était promis. Pauline consentit à ce qu'il désirait; elle l'instruisit de la cause de l'absence de son père et des motifs qui le faisaient si souvent voyager.

D'après le récit que lui fit son amante, Henri, sachant que la longue absence de son père était la cause de son inquiétude, résolut de partir pour Paris, afin de tâcher d'y découvrir celui auquel il s'intéressait aussi vivement. Il partit donc après avoir laissé Franck auprès de son amie pour veiller à sa sûreté, et emportant avec lui les vœux les plus ardents de Pauline pour le succès de son voyage.

Nous savons que c'est à cette époque que le colonel Framberg et Mullern arrivèrent à Strasbourg, espérant y découvrir Henri, qui venait de partir pour Paris, où ils le suivirent. Mais notre jeune homme ne fut pas heureux dans ses recherches; il parcourut la capitale sans découvrir les traces de celui qu'il cherchait. Las enfin de tant de courses inutiles, et pressé par le désir de revoir sa Pauline, il repartit pour Strasbourg, toujours poursuivi par le colonel et Mullern, qui l'auraient infailliblement atteint sans l'accident qui leur arriva dans la forêt.

Henri trouva sa Pauline qui l'attendait avec la plus vive impatience. Elle courut au-devant de lui dès qu'elle l'aperçut. — Eh bien! mon ami, lui dit-elle, quelle nouvelle? — Aucune; ma bonne amie... — Quoi! mon père... — Je n'ai pu rien découvrir sur son sort. — Que je suis malheureuse!... C'en est donc fait, je ne le verrai plus!... je n'ai plus personne sur la terre qui prenne pitié d'une malheureuse orpheline!... — Que dis-tu! s'écria Henri avec véhémence, tu n'as plus personne sur la terre! Eh! ne suis-je pas ton amant... ton époux!.. —Ah! mon cher Henri, j'ai réfléchi depuis ton absence, et j'ai pensé que je ne devais pas prétendre à ce bonheur!... Moi!... orpheline, sans nom, sans fortune, devenir l'épouse du comte de Framberg!... Ah! je ne vois que trop la distance qui nous sépare!... — Est-ce bien toi que j'entends, Pauline?... Je puis d'un seul mot te prouver que tu t'abuses. Dis-moi, si le hasard t'avait faite plus riche que moi, m'aurais-tu pour cela abandonné?... — Mon ami, c'est bien différent!... — Non, Pauline, je ne serai pas assez orgueilleux pour préférer les richesses à la vertu et à la beauté. Tu seras mon épouse; la bonne madame Reinstard a béni nos serments, et tu n'as plus le droit de t'opposer à mon bonheur.

Que pouvait répondre Pauline? Elle adorait Henri; elle cessa de résister à ses prières, et elle consentit enfin à devenir son épouse.

Dès que Henri eut obtenu ce consentement, il s'occupa de hâter le jour de son hymen. Il brûlait du désir de présenter sa Pauline au colonel. — Dès que mon père te verra, lui disait-il, il ne pourra qu'approuver mon choix. — Mais s'il en était autrement mon ami! s'il allait briser nos liens!... — Non, ma Pauline!... tu ne connais pas mon père! il est brusque, mais bon, sensible. D'ailleurs il ne faut que le voir pour t'aimer... Pauline souriait et commençait à espérer.

Henri fit aussitôt les préparatifs de son mariage. Franck fut chargé de chercher un notaire et un chapelain; et, en attendant, Henri obtint de Pauline la permission de ne plus la quitter. Il fit enlever ses effets de son hôtel, et occupa l'appartement de madame Reinstard.

Franck exécuta ponctuellement les ordres de son maître, et un soir que Henri était assis auprès de sa Pauline, il vint les avertir que le notaire viendrait le lendemain matin leur apporter leur contrat. Henri sauta de joie à cette nouvelle, Pauline partageait ses transports; Franck jouissait du bonheur de son maître.

— Ma foi, monsieur, lui dit-il, j'étais si content d'avoir terminé ma commission, que je suis entré dans un café boire une bouteille de bière pour célébrer votre prochain mariage.

Henri embrassa Franck, embrassa la vieille domestique; il aurait embrassé tout le monde dans le délire qui le transportait. Pauline prenait part à son bonheur; et ils se séparèrent en songeant déjà au lendemain.

Pauvre enfant!... vous allez vous livrer au sommeil en vous forgeant mille chimères pour l'avenir! et vous ne songez pas, comme Franck, combien la destinée est bizarre, et que c'est au moment où nous y pensons le moins qu'elle nous frappe de ses plus rudes coups.

## Chapitre XVII. — Qui s'en serait douté?

Henri s'éveilla dès le point du jour; un grand plaisir rend matinal; cependant comme sa Pauline dormait encore, il descendit au jardin en attendant son réveil. Avec quelle impatience il comptait les quarts d'heure, les minutes!... Il lui semblait que le temps aurait dû doubler sa marche pour seconder ses désirs. Enfin Pauline, qui probablement n'avait pas beaucoup plus dormi que lui, vint l'engager à monter déjeuner en attendant que le notaire arrivât. Henri la suit; il s'assied auprès d'elle; ils forment ensemble leurs projets pour l'avenir; Henri lui donne déjà le nom de son épouse... On frappe fortement à la porte. — C'est lui!... c'est le notaire! s'écrie Henri... Franck, va lui ouvrir. Franck court à la porte, Henri entend monter... le cœur lui bat de joie. La porte s'ouvre; il regarde... O surprise! au lieu du notaire, c'est Mullern qu'il voit entrer dans l'appartement. — Ah! ah! je vous trouve enfin, monsieur, dit Mullern sans faire attention à Pauline. Sacré mille bombes!... vous faites diablement courir après vous... — Comment! c'est toi, Mullern? répond Henri en cherchant à se remettre. — Oui, monsieur, c'est moi. Oh! vous ne m'attendiez pas, j'en suis sûr!...

— Quel est cet homme, mon ami? dit Pauline à Henri en le prenant à part. — C'est un brave militaire, qui m'aime beaucoup. — Ah! ah! dit Mullern en se retournant et en apercevant Pauline, c'est donc là celle... Elle est, ma foi, jolie!... j'en conviens!...

Pauline devint rouge jusqu'au blanc des yeux; et Henri, qui désirait beaucoup terminer cette scène, la pria de passer un moment chez elle, et de le laisser seul avec Mullern. Pauline y consentit, et s'éloigna, encore tout étonnée des manières de celui qu'elle voyait pour la première fois.

— Maintenant que nous sommes seuls, monsieur, dit Mullern à Henri, j'espère que vous allez m'expliquer un peu votre nouvelle conduite. — Comment se porte mon père, avant tout? — Fort bien, fort bien, si ce n'est qu'il a manqué se tuer en courant après vous... — Comment donc? — Mais ce n'est pas de cela qu'il est question. Dites-moi, monsieur, que faites-vous dans cette maison? Quelle est cette femme que je viens de voir tout à l'heure avec vous? — Cette femme? c'est la mienne. — La vôtre?... — Ou du moins à peu près, car elle le sera tout à l'heure — Bon! je vois qu'elle ne l'est pas encore! — Prétendais-tu y mettre obstacle, Mullern? — C'est possible, monsieur. — Je t'avertis alors que tu aurais fait une démarche inutile; car rien au monde ne pourra m'en séparer. — Voilà une belle conduite, monsieur; dites-moi, est-ce à votre âge que l'on doit se marier sans daigner consulter ses parents? — Mais, dis-moi toi-même, ma Pauline n'est-elle pas charmante? — Ah! pour jolie!... c'est vrai! je conviens qu'elle est fort bien; mais il y a de jolies femmes qui n'en sont pas meilleurs sujets pour ça. — Garde-toi, Mullern, d'outrager celle que j'aime!... Elle est aussi vertueuse que belle! — Eh bien! quand elle serait vertueuse, ce qui est douteux, mais ce qui n'est pas impossible, est-ce une raison pour que vous épousiez la première venue!... une femme dont vous ignorez la naissance! — Tu te trompes, Mullern; je la connais, elle m'a tout appris. Je connais son père, ses malheurs!... — Ouais, bamboches que tout cela, monsieur. — Non, Mullern, ma Pauline ne connaît pas le mensonge; elle m'a dit la vérité. — Eh bien! voyons donc ce récit merveilleux. — Je vais t'apprendre tout ce qu'elle m'a dit. Le père de ma Pauline est Français... — Français!... Le nom de Christiern n'est donc pas le sien? — Non, mon ami, c'est un nom supposé que les circonstances l'avaient forcé de prendre. — Et, au fait, comment se nomme-t-il? — D'Ormeville. — D'Ormeville! s'écrie Mullern, et il reste frappé d'étonnement. Qu'as-tu donc? lui dit Henri. — Ce n'est rien; continuez, je vous écoute.

Henri reprit son discours en ces termes: Tu sauras donc que le père de mon amie, étant entré au service, eut, à l'âge de vingt ans, une querelle avec un autre officier de son régiment; il se battit en duel, et eut le malheur de tuer son adversaire: ce fut là la première cause de toutes ses infortunes. La famille du jeune homme qu'il avait tué était riche et puissante; d'Ormeville fut obligé de fuir sa patrie pour échapper à l'arrêt qui le condamnait à perdre la vie. Il passa en Allemagne dans l'intention d'y prendre du service, après s'être arrêté quelque temps dans les domaines du baron de Frobourg... — Du baron de Frobourg!... — Oui, mon ami; il a, dit-on, vu ma mère... — Ah! ah! — Il se rendit à Vienne, et entra dans les troupes de l'empereur. L'armée était sur le point de se mettre en campagne, d'Ormeville alla combattre les Russes; mais à la première affaire il reçut un coup de feu au travers du corps, et fut laissé pour mort sur le champ de bataille. Cependant un homme, plus humain que les autres, s'aperçut qu'il respirait encore. Cet homme était un pauvre paysan, que le hasard avait conduit sur les lieux où l'on s'était battu. Il releva d'Ormeville, et l'emporta dans sa chaumière, où il parvint à le rappeler à la vie. D'Ormeville resta plus d'un an chez ce bon paysan; ce ne fut qu'au bout de ce temps que ses blessures parfaitement cicatrisées lui permirent de chercher à regagner le corps dans lequel il servait. Mais, pendant sa longue maladie, la victoire avait été peu favorable aux Autrichiens; et, au moment où il voulut rejoindre l'armée, les Russes étaient les maîtres du petit village dans lequel il était caché, en sorte qu'il ne pouvait essayer d'en sortir sans craindre d'être reconnu comme ennemi, et mis à mort par les Russes, qui ne faisaient pas de prisonniers. D'Ormeville se décida à attendre des circonstances plus favorables: il se déguisa en simple villageois, et fut obligé de travailler à la terre pour soutenir sa triste existence. C'est à cette époque qu'il fit connaissance de la mère de ma chère Pauline. D'Ormeville n'a pas appris à sa fille ce qu'elle était ni comment il l'a connue; tout ce qu'il lui a dit, c'est que son épouse mourut en lui donnant le jour. D'Ormeville éleva sa fille comme il put, attendant avec impatience le moment de repasser en Autriche. Enfin le sort lui devint plus favorable, les Russes furent battus. D'Ormeville rejoignit l'armée: sa fille cependant était l'objet de toute sa sollicitude; il ne savait à qui confier ce précieux dépôt, lorsque le hasard lui fit connaître madame Reinstard. Cette bonne dame venait de perdre son fils à l'armée, et était accablée de douleur. D'Ormeville lui proposa de tenir lieu de mère à sa petite Pauline, qui avait alors quatre ans. Madame Reinstard y consentit avec joie; et, comme le théâtre de la guerre lui rappelait sans cesse la perte qu'elle venait de faire, elle partit avec l'enfant pour aller habiter une petite maison qu'elle avait auprès d'Offembourg, et d'Ormeville lui promit d'aller l'y rejoindre dès que son devoir le lui permettrait. Ce fut là, mon cher Mullern, dans cette jolie maison où je t'ai conduit une fois, que ma Pauline passa sa jeunesse sous les yeux de madame Reinstard, qui l'aimait comme sa fille. D'Ormeville venait de temps à autre, passer auprès d'elle le temps que lui laissait son état. Sa valeur lui avait fait obtenir le grade de capitaine; n'étant pas ambitieux, il ne désirait rien de plus. Tu sais, mon cher Mullern, de quelle manière je fis la connaissance de Pauline... — Oui! oui! je le sais, et je voudrais que le diable m'eût étouffé le jour où je fus assez bête pour vous laisser aller seul!... Mais continuez. — Eh bien! mon ami, à cette époque, d'Ormeville, tourmenté du désir de revoir sa patrie, avait formé le projet de rentrer en France; Pauline ne voulut pas quitter son père, et madame Reinstard consentit à les accompagner. Ils partirent donc tous trois pour Strasbourg et vinrent se loger dans la maison où nous sommes maintenant, ils y vécurent assez tranquilles pendant dix-huit mois; mais, au bout de ce temps, d'Ormeville, voulant reprendre son véritable nom, afin de pouvoir tirer sa Pauline de la solitude dans laquelle ils vivaient, se décida à partir pour Paris, espérant faire casser l'arrêt injuste qui le condamnait à mort. C'est depuis son absence que le hasard, ou ma bonne étoile!... — Dites plutôt l'enfer! — M'a fait découvrir ma Pauline; notre séparation n'avait fait qu'augmenter notre amour!... — Elle a fait là une belle chose!... — La bonne madame Reinstard a béni notre union! — Les vieilles femmes font toujours des sottises! — Et nous nous sommes livrés sans réserve au penchant qui nous entraîne l'un vers l'autre!... Cependant le ciel enleva cette bonne dame qui tenait lieu de mère à ma Pauline, depuis longtemps elle ne recevait pas de nouvelles de son père, et elle était dans la plus grande inquiétude sur son sort. J'ai couru à Paris dans l'espoir de le retrouver; mais j'ai inutilement fait toutes les recherches possibles! Et puisque le destin la prive de ce dernier appui, c'est à moi, mon cher Mullern, à lui en servir; je vais être son époux; ma Pauline m'a donné sa foi; elle a reçu mes serments, et je ne puis croire que mon père, si bon, si sensible, puisse blâmer le choix que j'ai fait

Mullern resta quelque temps absorbé dans ses réflexions. Henri, étonné de ce long silence, allait lui en demander la cause, lorsque Mullern lui dit: — J'en suis fâché, mon cher Henri, je vais vous affliger! Mais il n'y a pas moyen de capituler, il faut renoncer à ce mariage! — Que dis-tu, Mullern!... renoncer à ce mariage?... — Oui, vous dis-je, et me suivre à l'instant loin de cette maison... — Et tu crois, Mullern, que je vais t'obéir!... — Mais je l'espère. — Eh bien! détrompe-toi; ce n'est pas un feu passager, c'est une passion véritable qui m'unit à ma Pauline, et aucune puissance sur la terre ne sera capable de m'en séparer !... — Allons !... dit Mullern en lui-même, je vois qu'il faut lâcher le grand mot !... Il approche de Henri en lui prenant la main : — Mon cher Henri, armez-vous de courage, je vois bien qu'il faut vous dévoiler un mystère que j'aurais voulu vous cacher à jamais !... — Que veux-tu dire ? — Pauline est votre sœur !... — Grand Dieu !... se pourrait-il ?... Mais non, tu t'abuses, Mullern, tu veux me tromper moi-même... — Non, mon cher Henri, je vous ai dit la vérité, celle que vous aimez est votre sœur ; car le colonel Framberg n'est pas votre père, et c'est à d'Ormeville que vous devez le jour.

Henri tombe anéanti sur une chaise, et Mullern lui raconte en détail tout ce qu'il sait sur sa naissance et la conduite noble et généreuse du colonel Framberg. Henri écoute en silence le récit de Mullern; une douleur muette, un abattement profond ont succédé à ses transports violents. Mullern souffre presque autant que lui de le voir dans cet état. — Allons ! lui dit-il, soyez homme, mon cher Henri; ne vous laissez pas abattre par les événements, et montrez des sentiments plus dignes de celui qui vous a élevé. Les larmes ne servent à rien dans de telles circonstances ; c'est du caractère qu'il faut. D'abord vous devez me suivre et quitter ces lieux... — Je te suivrai, Mullern ; mais, dis-moi, que deviendra-t-elle ? — Soyez tranquille !... Je sais ce que j'ai à faire. Croyez-vous d'ailleurs que le colonel Framberg, après vous avoir servi de père pendant dix-neuf ans, laissera votre sœur seule dans le monde, exposée à la merci des événements !... Non, monsieur, rendez-lui plus de justice, il vous aime trop pour ne pas l'aimer aussi !... — Ah ! Mullern, tu ranimes mon courage !... Mais qui se chargera d'apprendre à ma chère Pauline... les liens qui nous unissaient !... — Qui ? Eh parbleu ! ce sera moi, et je vais le faire tout de suite; car, dans ces sortes de crises, plus on diffère, plus on envenime la blessure. Mais, avant tout, monsieur, vous allez partir de la maison... — Sans la voir ? — Oui, monsieur, sans la voir... Parbleu ! à quoi cela vous avancerait-il ? A augmenter votre désespoir, et ce n'est pas la peine... — Et où vais-je aller, Mullern ? — N'importe où, vous y serez toujours mieux qu'ici. D'ailleurs je vais vous conduire; je ne veux pas vous laisser seul dans cet état : ensuite je reviendrai moi-même ici, et, mille tonnerres ! j'espère bien que dans deux heures tout sera arrangé.

Mullern entraîne Henri plutôt qu'il ne le conduit hors de la maison. Henri lève les yeux sur cette demeure, qui renferme ce qu'il a de plus cher au monde, et sent son cœur se briser à chaque pas qui l'éloigne de son amie. Le bon hussard le mène chez la tante de Jeanneton, et le recommande aux soins de la bonne femme ; mais Henri n'était pas en état de s'apercevoir de ce qui se passait autour de lui. Ensuite Mullern reprend le chemin de la demeure de Pauline, en s'efforçant d'étouffer au fond de son cœur les sentiments qui l'agitaient.

Pauline attendait avec inquiétude le retour de Henri, qu'elle croyait toujours avec Mullern dans la maison. Un secret pressentiment semblait l'avertir de ce qui se passait; et lorsqu'elle vit Mullern entrer seul dans sa chambre, elle sentit ses genoux fléchir, et une pâleur mortelle couvrit son visage. Mullern s'avança lentement, ne sachant comment lui apprendre le départ de son amant. — Je viens, lui dit-il, vous faire les adieux de Henri... — Que dites-vous... monsieur, il est parti !... — Oui, mademoiselle. — Pour longtemps ? — Je le crois. — Et sans me voir ? — Il le fallait. — Grand Dieu !... Il ne m'aime donc plus !... Et Pauline tombe sans connaissance dans les bras de Mullern. Le bon hussard la pose doucement sur une ottomane. Après qu'elle eut repris ses sens ses larmes coulèrent en abondance, et elle s'écria avec le sentiment de la douleur la plus vive : — Il ne m'aime plus !... — Et si, morbleu ! il vous aime, mademoiselle !... Et c'est justement pour cela que je l'ai forcé de partir. — Quoi ! monsieur, c'est vous !... — Oui, mademoiselle. Vous me détestez, n'est-ce pas ? Eh bien ! vous avez tort; je n'ai fait que mon devoir ; il fallait rompre votre mariage !... — Pourquoi cela, monsieur ? — Parce que, mademoiselle, il n'est pas dans l'usage qu'un frère épouse sa sœur. — Que dites-vous, Henri serait mon frère ! — Oui, mademoiselle; Henri n'est pas le fils du colonel Framberg, comme il le croyait jusqu'à ce moment, mais bien celui du capitaine d'Ormeville.

Mullern répète à Pauline ce qu'il avait dit à Henri. Pauline l'écoute en silence, n'interrompant son récit que par ses sanglots. Quand Mullern eut achevé, il se promena à grands pas dans la chambre en jurant entre ses dents et en essuyant ses larmes. La vue de la douleur de Pauline lui fendait le cœur. — Ah ! mille bombes ! disait-il par moments, si j'étais pape ! comme je leur donnerais bien vite une dispense pour se marier !... Mais je ne le suis pas, ni mon colonel non plus ; ainsi, morbleu ! trêve à nos pleurs, n'ayons pas le cœur comme une pomme cuite, et tâchons d'arranger les choses le mieux possible.

— Mademoiselle, dit-il en s'approchant de Pauline, il faut prendre votre parti : je sais bien que cela n'est pas aisé; mais où serait le mérite de vaincre ses passions, s'il n'en coûtait rien pour cela ?... — Mais, monsieur, est-ce que je ne le verrai plus ? — Si, mademoiselle, vous le reverrez, mais lorsque le temps aura calmé dans vos cœurs une passion criminelle, et lorsque l'amitié aura remplacé un amour sans espoir. — Vous avez raison, monsieur; il fallait nous séparer !... Mais, hélas !... que vais-je devenir sans lui ?... Je n'ai plus d'amis... de protecteurs ! — Vous vous trompez, mademoiselle, vous en aurez un qui vous tiendra lieu de tout. — Qui donc, monsieur ? — Celui qui a élevé votre frère, qui l'aime comme son fils. Croyez-vous, mademoiselle, que le colonel Framberg vous abandonnera ?... — Je n'irai jamais, monsieur, mendier les secours de personne... — Voilà un orgueil fort déplacé, mademoiselle, et vous allez partir tout à l'heure pour le château de Framberg. — Moi, monsieur ? — Oui, vous, mademoiselle. — Et à quel titre, monsieur ? — Vous l'avez donc déjà oublié ? C'est comme sœur de Henri que vous irez. Croyez-vous, mademoiselle, que nous vous laisserons seule dans le monde, quand votre frère jouira de titres et de richesses qu'il doit partager avec vous ?... Non, c'est une chose décidée, vous allez partir pour le château; d'ailleurs, cela rendra le tranquillité à votre frère. — Mais, monsieur... — Quoi, mademoiselle ? — Si le colonel Framberg... ne m'aime pas ! — Oh ! il vous aimera, mademoiselle, j'en suis sûr. — Mais si... je ne... — Ah ! j'entends; si vous ne l'aimiez pas, vous ?... Diable ! vous seriez bien difficile !... Un homme qui a fait vingt campagnes avec honneur ! Un homme dont le nom seul faisait trembler les ennemis !... Un homme, enfin, qui a élevé, adopté, chéri votre frère comme son fils... — Ah ! je l'aimerai, monsieur !... — Oui, ventrebleu ! vous l'aimerez, et tout ira bien, je vous en réponds !

Lorsque Mullern avait pris une résolution, il fallait qu'il l'exécutât promptement; aussi engagea-t-il Pauline à faire sur-le-champ un paquet de ce qui lui était nécessaire, et à se tenir prête à partir dans une heure. — Mais, monsieur, lui dit Pauline, et ma vieille domestique ?... — Vous l'emmènerez avec vous, mademoiselle. — Mais, monsieur, je ne connais pas le chemin du château. — Eh ! morbleu ! mademoiselle, me prenez-vous pour un enfant !... croyez-vous que je vais vous y envoyer seule ?... Franck vous y conduira. — Franck ! le domestique de... de mon frère ? — Oui, le domestique de votre frère. Ainsi, voilà toutes les difficultés levées. Je vais m'occuper de la chaise de poste; et ce soir vous serez bien loin de Strasbourg. — Et bien loin de Henri.... pensait Pauline en regardant Mullern s'éloigner. Cependant elle trouvait un charme secret à aller habiter l'endroit où celui qu'elle aimait avait été élevé. Le château de Framberg lui aurait paru un séjour délicieux si elle y avait été avec lui.

Mullern, après avoir quitté Pauline, alla trouver Franck, et lui apprit ce qu'il avait à faire. Franck, qui était devant Mullern comme un écolier devant son précepteur, lui promit de remplir fidèlement ses intentions. Mullern, après avoir retenu la chaise de poste, pensa qu'il était temps d'écrire à son colonel, et de lui raconter tous les événements qui venaient de se passer. Jusqu'alors la rapidité du temps ne lui avait pas permis de le faire; il prit donc la plume et écrivit la lettre suivante :

« Mon colonel,

» J'ai enfin découvert notre jeune homme, et je me vante que ce n'est pas sans peine !... Mais il était urgent que j'arrivasse. Mille bombes ! une heure plus tard, il n'était plus temps, et la petite était... Mais j'étais là, mon colonel, j'ai arrangé cela le mieux du monde. Henri sait tout, mon colonel, il sait tout, il a bien fallu le lui apprendre, car la petite est sa sœur; et si je ne lui avais pas tout dit, je vous assure, mon colonel, qu'un régiment de hussards ne serait pas venu à bout de les séparer. J'envoie la petite au château de Framberg, et je vais vous amener Henri ; ils sont tous les deux au désespoir, et pleurent de manière à attendrir un boulet de quarante-huit !... Vous voyez, mon colonel, que tout va bien, et j'espère que vous approuverez la conduite que j'ai tenue. Je suis, mon colonel, votre fidèle soldat et serviteur,

» Mullern. »

Mullern, après avoir cacheté cette épître courte et énergique, l'envoya au colonel Framberg, en recommandant à son messager de faire diligence et d'avertir le colonel de sa prochaine arrivée. Cette affaire une fois terminée, il retourna vers Pauline, afin de hâter son départ.

Pauline, le cœur serré, attendait l'instant où Mullern devait l'éloigner de ce qu'elle avait de plus cher; mais notre hussard avait pris un tel ascendant sur elle, que dès qu'elle le vit arriver elle se leva en silence et se disposa à partir. Mullern la conduisit dans la chaise de poste avec sa vieille domestique, et lui serrant la main avec force : — Du courage ! lui dit-il ; quand on a autant de résignation dans le malheur, on en reçoit tôt ou tard la récompense. Ensuite, se tournant vers Franck, il lui ordonna de fouetter les chevaux, et la chaise de poste s'éloigna avec rapidité.

## Chapitre XVIII. — Un liseur de romans l'a déjà deviné.

— Ouf !... dit Mullern en voyant la chaise de poste emmener Pauline; s'il fallait souvent conduire de pareilles intrigues, j'aimerais mieux essuyer le feu de la mousqueterie de mon régiment !... J'espère cependant que je me tirerai de cette affaire-ci avec honneur. Le plus fort est fait !... J'avais cru que le chagrin de Henri était ce qui devait me faire le plus de mal !... Mais, morbleu ! je vois bien maintenant que les larmes d'une femme connaissent mieux le chemin de notre cœur !... Je ne me croyais pas si sensible !...

Tout en faisant ces réflexions, Mullern prit la route qui conduisait chez Jeanneton. Il la rencontra sur l'escalier et l'arrêta. — Eh bien! Jeanneton, comment va mon jeune homme? — Il est toujours dans le même état que quand tu l'as amené. — Oh!... coquin d'amour!... — Dis-moi donc, Mullern, pourquoi il se désole ainsi? — Eh! pour une femme!... — Est-ce qu'elle ne l'aime pas? Elle serait bien difficile! — Si parbleu, elle l'aime!... mais ils ne peuvent pas s'épouser. — J'en suis fâchée, car ce jeune homme m'intéresse... il paraît si sensible!... — C'est moi qui l'ai formé, c'est mon élève. — Je t'en fais mon compliment.

Mullern s'empressa d'aller trouver Henri. Le jeune homme paraissait absorbé dans sa douleur; mais dès qu'il aperçut Mullern il se leva avec vivacité, et se jeta dans ses bras en versant un torrent de larmes. — Que vous êtes enfant! lui dit ce dernier. Allons, morbleu! tête à l'orage! — Où est-elle, Mullern, dis-moi, qu'en as-tu fait? — Elle est partie, monsieur, et elle a montré dans cette occasion un courage au-dessus de son sexe. Imitez-la, mon cher Henri, ne restez pas au-dessous d'un pareil modèle. Songez au chagrin que vous causeriez à celui qui vous sert de père, en vous laissant aller à une douleur inutile!... Je ne vous parle pas du vieux hussard qui a élevé votre enfance, qui vous aime comme son fils, et que votre désespoir conduirait au tombeau. Hélas! votre malheureuse passion étouffe dans votre âme tous les autres sentiments; car, depuis que nous sommes réunis, après une aussi longue séparation, vous ne m'avez pas seulement serré la main!... vous n'avez pas daigné m'adresser le plus petit mot d'amitié!...

Mullern ne put retenir les pleurs qui s'échappaient de ses yeux en prononçant ces mots. Henri s'en aperçut; il se jeta à son cou, l'embrassa, le pria de lui pardonner, et lui promit d être plus raisonnable Mullern n'en demandait pas davantage, et la paix fut bientôt faite.

— Allons, mon cher Henri, nous allons retrouver mon colonel; je suis sûr qu'il nous attend avec impatience. — Mais pourquoi donc, Mullern, n'est-il pas venu à Strasbourg avec toi? — Parce qu'un maladroit postillon nous a versés dans la forêt à six lieues d'ici, et que mon colonel a eu le malheur de se blesser à une jambe. — Et où est-il maintenant? — Dans une petite maison isolée au milieu de la forêt, chez un homme dont la figure ne me revient pas du tout; mais il fallait bien entrer quelque part!...

Henri se rappela l'aventure qui lui était arrivée dans la même forêt, et la raconta à Mullern. — Oh! oh!... si j'avais été là, dit ce dernier, l'autre coquin ne se serait pas échappé! Mais vous vous êtes bravement conduit!... et j'en suis content.

Mullern et Henri, étant prêts à partir, quittèrent la maison de madame Tapin. Mullern eut aussi les larmes de Jeanneton à essuyer; mais il lui glissa un double louis dans la main, et lui promit de revenir la voir dès que ses affaires le lui permettraient.

Le colonel Framberg, que nous avons laissé depuis si longtemps dans la maison de M. de Monterranville, était presque guéri de sa blessure, et se disposait à aller rejoindre Mullern à Strasbourg, lorsqu'il reçut de lui la lettre que le lecteur connaît déjà. On peut aisément se faire une idée de sa surprise et de son inquiétude en apprenant des événements qui lui parurent inconcevables. Mais le style de Mullern était tellement embrouillé qu'il ne sut à quoi se fixer; et il attendit dans la plus grande agitation l'arrivée de ceux qui devaient mettre fin à son incertitude.

Mullern et Henri arrivèrent le soir même chez M. de Monterranville. Ce fut Carll qui leur ouvrit la porte. Mullern lui frappa amicalement sur l'épaule, et lui demanda si son maître, M. de Monterranville, était chez le colonel. — Pas en ce moment, répondit Carll; mon maître est sorti. — Tant mieux, dit Mullern à Henri; profitons de la circonstance... Ils montèrent rapidement l'escalier, et trouvèrent le colonel se promenant dans sa chambre avec agitation. Dès qu'il aperçut Henri, il lui ouvrit les bras, et Henri alla s'y précipiter.

— Je ne te ferai pas de reproches, mon cher fils, lui dit-il en l'embrassant, quoique la légèreté de ta conduite et ton peu de confiance en moi m'en donnent le droit; mais tu es malheureux, d'après ce que Mullern m'a dit, et je ne veux pas augmenter tes souffrances. — Et moi, mon colonel, dit Mullern en s'avançant, blâmerez-vous la conduite que j'ai tenue? — Non, mon ami, quoique la lettre que tu m'as écrite m'ait peu instruit de ce qui s'est passé; mais j'espère que vous allez me donner de plus amples détails.

Pour satisfaire à la curiosité du colonel, Henri lui raconta succinctement ce qui lui était arrivé depuis son départ du château, ainsi que l'histoire de sa chère Pauline, et la manière dont il avait appris qu'il n'était pas son fils. — Le hasard t'a rendu maître d'un secret que je t'aurais caché toute ma vie, dit le colonel, tu dois donc être persuadé que jamais je ne cesserai de te tenir lieu de père. Quant à ta sœur, elle devient aussi ma fille: dès ce moment je l'adopte, elle ne me quittera plus; lorsque le temps aura effacé de ton cœur et du sien une passion qui n'eût jamais existé si vous eussiez connu les liens qui vous unissaient, tu viendras partager notre bonheur et l'augmenter encore par ta présence. Mais jusque-là, il faut de nouveau que je me sépare de toi, mon fils, pour ne pas te rapprocher de celle que tu dois fuir!... Tu vas encore t'éloigner du château de Framberg pour quelque temps; mais cette fois Mullern t'accompagnera; ce n'est qu'à lui seul que je veux confier le soin d'un être qui m'est aussi cher! Moi, pendant ton absence, j'essuierai les larmes d'une fille que j'aime déjà, et qui me consolera de cette nouvelle séparation.

Henri embrassa mille fois le colonel, et lui exprima toute la reconnaissance que lui inspirait sa conduite noble et généreuse. Mullern approuva beaucoup les arrangements de son colonel, et le plan qu'il avait formé fut accueilli de chacun.

Comme la nuit s'avançait, et que le colonel, fatigué des diverses sensations qu'il avait éprouvées, avait besoin de repos, ils songèrent à se séparer, et il fut convenu que le lendemain matin ils quitteraient tous ensemble la maison des bois.

La chambre où couchait le colonel ne renfermant qu'un lit, Mullern engagea Henri à venir passer la nuit dans la sienne. Celui-ci y consentit; et après avoir embrassé le colonel ils le laissèrent se livrer au repos.

En traversant un long corridor qui conduisait à l'escalier, ils aperçurent dans le lointain un homme qui passait avec une lumière à la main. — C'est M. de Monterranville, dit Mullern à Henri; passons, passons, je n'aime point cet homme-là... Mais Henri pensa que la politesse ne lui permettait pas de passer la nuit dans sa maison sans l'avoir salué auparavant; et que d'ailleurs il lui devait des remercîments pour la généreuse hospitalité qu'il avait accordée au colonel. D'après cela il s'avança vers lui, et Mullern le suivit en rechignant un peu, et en enrageant contre les usages du monde.

M. de Monterranville s'arrêta en voyant Henri s'avancer; celui-ci l'aborda en le saluant, et allait lui adresser les remercîments qui lui étaient dus, lorsqu'en levant les yeux il reconnut dans M. de Monterranville un des deux assassins de la forêt.

La langue de Henri se glace, une pâleur subite couvre son visage; il peut à peine articuler quelques sons confus, et il entraîne Mullern, qui ne comprend pas la cause de ce trouble violent. Quant à M. de Monterranville, il n'avait pu reconnaître Henri, puisqu'il s'était enfui au premier bruit des armes à feu; mais comme les scélérats craignent toujours de s'être trahis, M. de Monterranville, très-étonné du trouble que le jeune homme venait d'éprouver à son approche, résolut d'en connaître la cause afin de se tenir en garde contre les événements.

Lorsque Henri fut arrivé dans la chambre de Mullern, il s'arrêta pour respirer plus librement; ensuite prenant la main de ce dernier: — Partons, mon ami, lui dit-il d'une voix entrecoupée, courons réveiller mon père, je ne veux point passer la nuit dans cette maison... — Ah çà! morbleu! vous m'expliquerez ce que tout cela veut dire. D'où vient ce trouble... cette terreur? — Ah, Mullern! cette terreur est bien naturelle... — Craindriez vous quelque chose? — Je ne crains rien pour moi; mais je frémis d'horreur en pensant que je suis chez un assassin! — Chez un assassin! — Oui, Mullern, j'ai reconnu dans ce M. de Monterranville un des deux hommes de la forêt! — Se pourrait-il! mille bombes!... quoi! ce coquin serait... — Un de ceux qui voulaient faire périr l'étranger que j'ai sauvé de leurs mains! — Ah, triple canonnade! s'écrie Mullern en mettant la main sur la poignée de son sabre, tombons sur ce coquin-là, morbleu!... et faisons justice de son forfait!... En disant ces mots, Mullern se préparait à sortir pour exécuter son dessein; mais Henri le retint par le bras. — Arrête, Mullern, que vas-tu faire? — Eh, parbleu! délivrer la terre d'un scélérat; il en restera encore assez!... — Pense donc que nous n'avons aucune preuve à fournir de son crime!... et que nous serions punis nous-mêmes pour avoir voulu en faire justice!... — Ah, morbleu! vous avez raison!... Mais comment donc faire?... — Écoute, maintenant que j'ai réfléchi, je pense qu'il serait imprudent de faire un éclat qui ne nous conduirait à rien, attendons à demain, mon père réglera notre conduite; nous n'avons rien à craindre de cet homme, car il ne peut me reconnaître, et ce n'est pas à nous qu'il en veut. — Allons!... morbleu, puisqu'il le faut, je cède à vos avis; mais j'avoue que ce n'est pas sans peine, car j'aurais eu bien du plaisir à dérouiller mon sabre sur le corps de ce brigand!...

Cette résolution prise, Mullern et Henri se jetèrent sur le lit tout habillés; mais ils ne purent goûter un instant de sommeil, la pensée qu'ils étaient chez un meurtrier révoltait leur âme franche et loyale.

Le lendemain, dès que le jour parut, ils pensèrent qu'ils pouvaient aller réveiller le colonel sans donner de soupçons; mais ces précautions étaient inutiles, car Monterranville savait tout. On se rappelle que le trouble de Henri lui avait causé de l'effroi; aussi, dès que Mullern et son compagnon furent enfermés dans leur chambre, il se rendit dans une pièce qui touchait à la leur, ouvrit une armoire, se plaça contre la cloison, et de là entendit parfaitement toute leur conversation.

On peut juger de sa terreur en sachant qu'il était reconnu; mais la fin de leur discours le rassura un peu. Voyant qu'ils attendraient au lendemain matin pour décider ce qu'ils avaient à faire, il pensa qu'il serait prudent de ne pas attendre leur décision, et quitta promptement la maison au milieu de la nuit.

Le colonel Framberg ouvrit à ses compagnons, étonné d'être réveillé de si bon matin; mais encore plus en voyant avec quelles précautions Mullern refermait la porte de sa chambre, et l'air de mystère qui était répandu sur leurs physionomies. L'horreur et l'indignation succédèrent bientôt à la surprise, lorsqu'il sut chez qui il était depuis si longtemps. Cependant il ordonna à Mullern et à Henri de se contenir et de ne rien laisser paraître de leur agitation. — Quoi! mon colonel, dit Mullern, est-ce que nous n'assommerons pas ce coquin-là? — Non, Mullern; notre devoir s'y oppose; songe bien que, depuis près d'un mois, je reçois l'hospitalité dans cette maison; le maître est un monstre, mais ce n'est pas à moi à armer contre lui la justice; d'ailleurs, sois tranquille, Mullern, et crois bien que s'il échappe pour un instant à la peine qui lui est due, ce n'est que pour tomber plus tard sous le glaive des lois. — Vous le voulez, mon colonel, j'obéis. — Il le faut, car, dans toute autre circonstance, j'aurais été le premier, mes amis, à vous engager à purger la terre de ce scélérat; mais ne restons pas plus longtemps dans ce repaire du crime, il me tarde d'aller respirer ailleurs un air qui ne soit pas souillé par le souffle d'un brigand

En disant ces mots, le colonel Framberg sortit de sa chambre; Henri et Mullern le suivirent. Ils trouvèrent Carll dans la cour, et apprirent que son maître était sorti avant le jour. — Il a bien fait... dit Mullern entre ses dents; car, morbleu! si je l'avais vu, je n'aurais pas été maître de mon indignation.

Le colonel monta à cheval; Henri et Mullern en firent autant, et ils pressèrent leurs chevaux afin de s'éloigner plus rapidement d'une maison qui leur faisait horreur.

## CHAPITRE XIX. — Encore un moment de gaieté.

Nos trois voyageurs arrivèrent à Strasbourg et descendirent à la meilleure auberge, afin de se reposer un moment avant de se séparer encore une fois.

— Mon cher Henri, dit le colonel Framberg à notre héros lorsqu'ils furent seuls, je n'ai aucun ordre à te donner pour ta conduite future, et je me repose entièrement sur Mullern du soin de ton bonheur. Si cependant tu te sens le désir d'entrer dans la carrière des armes, dans l'espoir de trouver de plus promptes distractions, je ne contraindrai point ton penchant, au contraire; je te prie, cependant, lorsque tu formeras un projet quelconque, de m'en prévenir d'avance... Henri promit au colonel de ne rien faire sans l'avoir consulté. Le chagrin secret qu'il cachait au fond de son âme, et qu'il s'efforçait de dérober à ses amis, le rendait incapable de former aucun plan de conduite, ni aucun projet pour l'avenir... Un seul objet occupait sa pensée, malgré tous les efforts qu'il faisait pour l'en bannir.

Quant à Mullern, il désirait avec ardeur que son cher élève prît le parti des armes. — Ah! disait-il à Henri, après vingt ans de repos, je reverrais encore avec joie le champ de bataille et les anciens compagnons de ma gloire. — Henri ne répondait pas, mais Mullern espérait que les fréquents tableaux militaires qu'il lui retracerait finiraient par émouvoir son âme, et qu'il se rendrait à ses vœux. Dans cet espoir, il engagea Henri à prendre la route de Vienne, et celui-ci y consentit.

Le colonel Framberg fit ses adieux à Henri. Ce dernier lui demanda pourquoi il ne l'accompagnait pas à Offembourg; mais le colonel s'en excusa sous prétexte de quelques affaires qui le retenaient encore en France.

Ce n'était pourtant pas là son motif; mais il ne voulait pas faire part à Henri du projet qu'il avait conçu, dans la crainte que la réussite ne vînt pas couronner son entreprise. Cependant il confia son dessein à Mullern, en lui ordonnant le plus profond secret. Celui-ci le lui promit en admirant tout bas la conduite du colonel.

Henri, après avoir embrassé celui qui lui servait de père, partit, emportant le désir de le revoir bientôt, et, suivi de Mullern, prit de nouveau la route de l'Allemagne.

Nous allons laisser le colonel Framberg se disposant à se rendre à Paris pour accomplir son noble projet, et nous nous mettrons en route avec nos deux voyageurs, afin de voir de quelle manière Mullern s'y prit pour guérir Henri du chagrin qui le consumait.

Notre hussard et son élève voyageaient à cheval: — C'est la meilleure manière de trouver des distractions, disait Mullern à Henri; tenez, monsieur, jetez un coup d'œil sur ce site superbe qui se présente à nos regards!... voyez les vastes solitudes de la Forêt-Noire qui s'étend au loin du côté de Freudenstadt, de l'autre la jolie ville d'Offembourg que nous laissons derrière nous pour nous enfoncer dans cette prairie verdoyante! les oiseaux qui chantent le retour du printemps! les laboureurs qui reprennent lentement leurs travaux rustiques!... En vérité, monsieur, tout cela élève l'âme, et me donne à moi une éloquence dont je ne me serais jamais cru capable!... Henri souriait en écoutant Mullern; et celui-ci, charmé de l'avoir tiré pour un instant de ses tristes réflexions, continuait son discours sur les beautés de la nature.

Tout en écoutant les descriptions de Mullern, Henri s'aperçut que sans y faire attention ils prenaient la route du château de Framberg. Il se garda bien de le faire remarquer à son compagnon; mais celui-ci ne tarda pas à s'en apercevoir. — Oh! oh! dit-il en arrêtant tout à coup son cheval, je vois qu'avec mes beaux discours je ne vous conduis pas du tout où il faut aller! Allons, morbleu! rebroussons chemin... — Pourquoi cela, mon cher Mullern? — Parce que, monsieur, mon intention n'est pas de vous conduire au château de mon colonel. — Ah! Mullern! j'aurais cependant bien du plaisir à le revoir! — C'est possible, monsieur; vous le reverrez plus tard, mais maintenant ça ne se peut pas. — Et tu dis que tu veux me distraire de mon chagrin, Mullern! Crois-tu donc qu'il existe pour moi de plus agréables distractions que le plaisir que je goûterais à revoir ces lieux chéris où j'ai passé mon enfance!... ces lieux où je recevais de toi les leçons qui m'ont appris à devenir un homme!... ces lieux enfin que je n'ai pas vus depuis plus de deux ans!...

Mullern, attendri par les discours de son Henri, ne savait comment lui refuser ce qu'il lui demandait avec tant d'instance. — Mais, morbleu! monsieur, dit-il enfin en prenant une voix sévère pour imposer à Henri, ne savez-vous pas que votre sœur est maintenant dans ce château, et que vous feriez une sottise en cherchant à la voir! — Eh crois-tu donc, Mullern, que ce soit là mon dessein?... Non; je veux seulement m'approcher du château en parcourir les environs, revoir ce parc, ces jardins témoins de mes premiers plaisirs, et m'éloigner ensuite pour y revenir dans un temps plus heureux.

— Mais vous pouvez rencontrer votre sœur... — Non, mon ami; il faudrait que le hasard la conduisît justement où je serai, et cela n'est pas à présumer... Je l'éviterai, te dis-je; d'ailleurs tu ne me quitteras pas. — Allons, vous le voulez... j'y consens... Mais, morbleu! à la première approche d'une femme, songez que je vous fais partir ventre à terre... — Je ferai tout ce que tu voudras. — Je suis en vérité trop complaisant... Mais la nuit s'avance déjà; vous conviendrez, monsieur, que ce n'est pas le moment de visiter le parc et les jardins, d'autant mieux que nous avons encore près de deux lieues à faire avant d'arriver au château. — Eh bien! Mullern, passons la nuit aux environs.... tiens, dans cette ferme que tu vois là-bas; certainement on ne nous refusera pas à coucher pour cette nuit; et demain matin, dès que le jour paraîtra, nous prendrons le chemin du château... — Allons, soit, dit Mullern, allons coucher à la ferme.

Nos voyageurs approchaient de la ferme, et Mullern crut reconnaître la maison où, en cherchant une nuit son élève, il lui était arrivé une si plaisante aventure; il résolut de s'assurer si ses conjectures étaient fondées.

La nuit ne faisait que de tomber, la porte de la cour était encore ouverte; Mullern entra le premier. Chaque objet qui frappait ses regards confirmait ses soupçons. Bientôt ils rencontrèrent le fermier occupé dans l'étable; mais il quitta sa besogne dès qu'il les aperçut, et vint au-devant d'eux en leur faisant de profondes révérences.

— Quoi qu'désirent ces messieurs? — A coucher, mon ami, si cela est possible, dit Henri au fermier. — Tu vois devant toi, dit Mullern en s'avançant, le fils du comte de Framberg, seigneur du château qui est à deux lieues d'ici, et le maréchal des logis Mullern, servant anciennement dans les hussards de l'empereur, et maintenant gouverneur de M. le comte... Le fermier ouvrit de grands yeux en entendant tous ces titres, quoiqu'il n'y comprît pas grand'chose, et fit un tapage du diable pour appeler ses valets, afin qu'on préparât tout pour ces messieurs.

— Holà! hé! Gros-Jean!... Pierre!... arrivez donc, vous autres!... Gros-Jean descendit aussitôt. Où est donc Pierre? dit le fermier à celui-ci. — Dame! not' maître, je n'savons pas!... Peut-être ben qu'il aide la bourgeoise!... Mullern se rappela en effet que Pierre était le garçon chargé des travaux extraordinaires, et présuma, d'après le discours de Gros-Jean, que la bourgeoise tenait à ses anciennes habitudes.

Cependant, aux cris du fermier, dame Catherine et Pierre arrivèrent tous deux par des chemins différents, et rouges comme des écrevisses. — Allons, not' femme, remue toi, dit le fermier, et tâche de bien faire souper ces messieurs, tandis que Pierre préparera leurs lits... La fermière, qui était alerte, eut bientôt servi à souper. Mullern examinait avec curiosité les appas de celle qu'il n'avait connue que dans les ténèbres; il voyait avec plaisir que la dame avait bien son mérite, et que, quoiqu'elle ne fût plus aussi jeune que Jeanneton, elle valait encore la peine qu'on montât au grenier pour elle.

Catherine conduisit les voyageurs dans une salle basse, et, tout en apprêtant leur souper, elle remarqua les œillades que Mullern lui lançait en dessous. Un hussard de cinquante ans ne vaut pas un garçon de ferme de vingt; mais quand on a le garçon de ferme sous la main tous les jours, on est bien aise de tâter en passant d'un hussard, sans préjudice du courant.

Henri, qui n'existait plus que dans l'espérance du lendemain, mangea peu et se retira dans sa chambre afin de se livrer plus vite au sommeil; mais Mullern, qui était bien aise de voir ce que cela deviendrait, resta à table et invita le fermier à venir boire un coup avec lui afin de causer un moment.

Mullern, comme on sait, buvait sec. Le fermier voulut lui tenir tête, et la conversation ne tarda pas à s'échauffer. — Savez-vous ben, monsieur le housard, que le titre qu'vous êtes donné de maréchaux des logis du comte de Framberg me rappelle l'aventure qui m'est arrivée il y a près de trois ans... Dis donc, te souviens-tu, not' femme, de c'coquin qui voulait s'faire passer aussi pour un housard?... — Ah! oui! oui! j'm'en souviens, répond la fermière en souriant... — Qu'est-ce que cette aventure-là? demande Mullern au fermier. — Ah, pardine! j'vas vous conter ça... Figurez-vous qu'c'est un voleux qu'est venu frapper à not' porte au beau milieu d'la nuit. Ma femme était couchée, mes garçons dormaient; il n'y avait que moi qu'etions dans c'te salle, occupé à faire mes comptes. J'vas demander qu'est-ce qui frappe? Eh ben! n'a-t-il pas eu l'effronterie de me répondre qu'il était maréchaux d'logis, élève du comte de Framberg, enfin de se donner pour c'que vous êtes, quoi! — Comment! dit la fermière à son mari, monsieur porte les mêmes noms que le voleur! — Oui, Catherine; ainsi vois comme il mentait l'gredin.

La fermière se douta de ce qui en était, et un coup de genou de Mullern l'avertit qu'elle avait deviné. Le fermier, voyant combien son histoire amusait son hôte, se plaisait à l'assaisonner de tous les détails possibles. Mullern n'avait garde de l'interrompre et se contentait de lui verser à boire à chaque minute; et la fermière, qui prévoyait où cela aboutirait, reprochait à son mari d'être plus sobre qu'a son ordinaire et de ne pas faire honneur à leur hôte en se tenant sur la réserve.

En voulant tenir tête au hussard, le fermier ne fut bientôt plus en état de voir ce qui se passait autour de lui; il ronfla de manière à faire croire qu'il n'était pas près de se réveiller. Mullern saisit l'instant favorable pour donner un baiser militaire à dame Catherine, et je ne sais pas si la présence du mari l'eût arrêté dans ses entreprises. Mais la fermière, en ayant l'air de se défendre, se sauva dans sa chambre, sans lumière, de peur d'être rencontrée par Pierre, et le hussard l'y suivit sans qu'elle appelât du secours.

Au point du jour, Mullern sortit de chez sa belle, et vint s'asseoir auprès du fermier, qui ronflait encore. La fatigue ne tarda pas à lui fermer les yeux et à lui faire tenir compagnie à son hôte.

Henri, qui attendait avec impatience le moment où il reverrait le château de Framberg, se leva dès qu'il aperçut le soleil éclairer l'horizon. — Où est Mullern? demanda-t-il à un garçon de ferme qu'il trouva dans la cour. — Oh, monsieur!... il ronfle d'une bonne manière!... à côté d'not'bourgeois. — Quoi! il dort encore? — Oui, monsieur... Dame! c'est qu'ils ont bien soupé hier. — Je ne veux pas le réveiller. Vous lui direz, mon ami, qu'il vienne me rejoindre au château. — Cela suffit, monsieur.

Henri, qui était bien aise que le hasard lui permît de courir au gré de ses désirs, monta à cheval aussitôt, et s'empressa de faire route pou le château. A mesure qu'il approchait de ces lieux où il avait passé les plus heureux instants de sa vie, il sentait son cœur battre délicieusement, un sentiment nouveau agitait son âme; et son coursier, semblant deviner les sentiments de son maître, ralentissait son pas, afin de le faire jouir plus longtemps de ce moment de bonheur.

Arrivé à la grille du parc, Henri attache son cheval à un arbre, et entre doucement dans l'enceinte de ses premiers plaisirs. Avec quelle joie il revoit chaque bosquet, chaque allée, qui lui rappelle un temps où il faisait consister son bonheur à bouleverser les couches et à arracher les jeunes plants du jardinier!... Qu'ils sont doux les souvenirs de notre enfance!... Mais pourquoi portent-ils avec eux une secrète mélancolie?... C'est parce que l'on sait que le temps que l'on regrette ne renaîtra jamais.

Au détour d'une allée, Henri se trouva nez à nez avec le jardinier. Le bon homme reconnut son jeune maître, et se mit à pousser des cris de joie. — Silence! lui dit Henri, je ne veux pas que les habitants du château soient instruits de mon arrivée. — Ah! c'est différent, monsieur; alors je m'taisons. — Où est ton fils? — Franck, monsieur! il est dans le château, à c' que j' présume. — Eh bien! va le chercher, et dis-lui que je l'attends ici. — Oui, monsieur, j'y vas. — Mais songe à être discret avec tous les autres domestiques!... — Soyez tranquille, monsieur, j' vous répondons d'moi.

Le jardinier court exécuter sa commission, et Henri attend avec impatience l'arrivée de Franck. Il a tant de choses à lui demander! tant de questions à lui faire! sa seule crainte est que Mullern ne vienne, par sa présence, déranger tous ses projets; mais il voit enfin accourir Franck et vole au-devant de lui.

— Ah! te voilà, mon pauvre Franck!... Que j'éprouve de plaisir à te revoir! — Et moi aussi, monsieur! j'avoue que je ne m'y attendais pas; mais la destinée est si bizarre!... Il s'est passé tant de choses depuis que nous ne nous sommes vus!... — Tu as raison, Franck, et j'attends de toi le récit de tout ce qui vous est arrivé. — Volontiers, monsieur! dit Franck en soupirant. Henri remarque ce soupir; il s'aperçoit que Franck a l'air triste, contraint. — Grand Dieu! s'écrie-t-il, qu'as-tu donc à m'annoncer, Franck! serait-il arrivé quelque chose à ma Pauline... à ma sœur?... — Il ne lui est rien arrivé positivement, monsieur, et cependant... — Eh bien, cependant?... — Dans ce moment... — Dans ce moment... — C'est... que... elle... — Elle... Mais parle donc, bourreau : tu me fais mourir d'impatience. — Dame, monsieur, c'est que je n'ose pas vous dire... — Parle, ne me cache rien; je te l'ordonne. — Eh bien! monsieur, mam'selle Pauline est très-malade, et dans ce moment même on craint pour ses jours. — Grand Dieu! s'écrie Henri avec l'accent du désespoir; ah! je cours... je vole.. — Arrêtez, monsieur, dit Franck en le retenant par son habit, à moins que vous ne vouliez la tuer tout de suite; car, dans l'état où elle est, l'émotion que lui causerait votre présence inattendue ne manquerait pas de la conduire au tombeau. — Ah! Franck, je ne pourrai donc pas la voir?..... — Si fait, monsieur, vous la verrez; mais lorsqu'elle pourra supporter votre visite et que je l'aurai prévenue de votre retour. — Mais apprends-moi donc pourquoi je la retrouve en cet état. — Volontiers, monsieur, ça n' sera pas long. Quand nous quittâmes Strasbourg, mam'selle Pauline montrait une fermeté, une résignation qui m'étonnaient moi-même; car je me doutais de ce qu'elle souffrait au fond de son cœur; mais la présence et les discours de Mullern lui avaient donné alors un courage qui ne pouvait toujours durer; notre voyage fut bien triste comme vous pouvez le croire. En vain je cherchai à la distraire en lui adressant la parole, elle gardait le plus profond silence. Cependant, quand nous approchâmes du château de Framberg, elle parut agitée d'un sentiment nouveau; elle me demanda si c'était là que vous étiez né, s'il y avait beaucoup d'habitants dans le château, si M. le colonel y était. Quand elle sut qu'il n'y était pas, elle parut plus rassurée, et entra dans le château d'un air assez tranquille. Je lui fis donner, suivant les ordres de Mullern, un des appartements les plus agréables : je la conduisis dans le parc, dans les jardins; enfin je lui fis voir tout ce qu'il y a de beau dans le château. Elle me remerciait de ce qu'elle appelait ma complaisance avec ce sourire si doux que vous lui connaissez; mais tous ces soins n'ont pu empêcher que le lendemain de son arrivée, elle ne tombât malade. Depuis ce jour, cela va de pire en pire; et depuis hier surtout elle est dans un délire effrayant... — Dans le délire.... Grand Dieu!... s'écrie Henri, donne-moi la force de supporter tant de maux... Mais, dis-moi, Franck, prononce-t-elle alors quelques mots? — Parbleu! je le crois bien!... Tantôt c'est vous qu'elle appelle à grands cris, en vous nommant son époux ou bien son frère; tantôt c'est son père qui est l'objet de ses craintes et de ses vœux : mais le plus souvent c'est vous, monsieur, qu'elle demande avec instance, et d'une manière si triste, que ça fait mal à voir...

Henri, accablé par le récit de Franck, reste un instant sans pouvoir proférer une seule parole; mais, au bout de quelques minutes, il se lève avec précipitation de dessus le banc de gazon où il était assis, et court de toutes ses forces vers le château. — Au nom du ciel! arrêtez, lui dit Franck en courant après lui et le retenant par son habit. — Laisse-moi, Franck, laisse-moi, te dis-je, il faut que je la voie, je le veux. — Eh! mille tonnerres! vous ne la verrez pas dit une voix rude qui fit tourner la tête à Henri, et il aperçut Mullern qui lui barrait le passage et ne paraissait pas d'humeur à le lui céder.

## CHAPITRE XX. — L'amour ne conduit pas toujours au bien

En se réveillant, le fermier ne fut pas étonné de voir Mullern endormi à côté de lui; mais quand celui-ci ouvrit les yeux et qu'il apprit que Henri était parti, il jura entre ses dents de ce qu'à son âge les femmes lui faisaient encore faire des sottises et oublier son devoir, puis se prépara à courir sur les traces de son élève.

— Dame!.... disait le fermier, c'n'est pas étonnant que vous ayez dormi si longtemps; j'avions bu sec hier soir. — C'est vrai, répondit Mullern; mais aussi vous avez du vin qui porte diablement à la tête. La fermière descendit, et Mullern, craignant que sa vue ne vînt encore lui mettre le diable au corps, s'empressa de monter à cheval. Le fermier l'engagea à venir souvent trinquer avec lui, et la fermière joignit ses instances à celles de son mari.

Mullern arriva au château peu de temps après Henri, et il se disposait déjà à aller le chercher dans les environs lorsqu'il l'aperçut venir de son côté. En entendant les dernières paroles de Henri, il se douta de ce dont il s'agissait sans pourtant connaître la cause de son désespoir.

— Où allez-vous, monsieur? dit-il à Henri en l'arrêtant. — Au château, Mullern. — Pourquoi faire? — Pour la voir. — Vous n'irez pas, vous dis-je.—Ah! mon ami, elle est mourante!...— Mourante!... c'est un peu fort. Est-ce vrai, Franck? — Oui, monsieur Mullern, c'est la vérité. — Je vais m'en assurer par moi-même; mais il est inutile que vous me suiviez. Si elle est telle que vous me le dites, vous ne pourrez la rappeler à la vie; si elle est moins mal au contraire, votre vue renouvellera son chagrin sans y apporter de soulagement. — Ah! Mullern, laisse-moi te suivre!... — Monsieur; vous oubliez que c'est de votre sœur qu'il s'agit, et que votre conduite n'est pas telle qu'elle devrait être!... — Malgré toutes tes remontrances je ne m'éloignerai de ce château que lorsque je serai certain de son sort. — Hum! dit Mullern en lui-même, il faut rompre cet amour-là à quelque prix que ce soit. Allez m'attendre chez le jardinier, au bout du parc, dit-il à Henri, j'irai vous y retrouver et vous apprendre ce que vous voulez savoir à toute force.

Henri n'osa résister, et suivit Franck, qui le conduisit à la maisonnette de son père, située à l'autre extrémité des jardins et assez éloignée du château. Quant à Mullern, il regarda aller Henri, se repentant de la faiblesse qu'il avait eue de le laisser venir au château de Framberg, et cherchant par quel moyen il pourrait l'en arracher.

Henri attendait le retour de Mullern dans une anxiété difficile à décrire; cependant les heures s'écoulaient, et le hussard ne revenait pas!... Henri, voyant la nuit s'approcher, ne put résister à son inquiétude, il envoya Franck au château afin de savoir la cause de ce retard.

Franck venait de partir, lorsque Henri vit quelqu'un s'approcher de l'endroit où il était. Malgré l'obscurité, il crut reconnaître Mullern et vola à sa rencontre. Il ne se trompait pas, c'était notre hussard. — Eh bien, Mullern, lui dit Henri en le reconnaissant, qu'as-tu donc fait si longtemps au château? — Rien! répondit Mullern d'une voix sombre en continuant à marcher vers la maison du jardinier. — Au nom du ciel, instruis-moi de ce qui s'est passé! Dans quel état as-tu laissé Pauline?.... — Elle n'a plus rien à craindre.... — Que veux-tu dire? Parle, ton silence me glace d'effroi! — Vous le voulez... Eh bien! armez-vous de courage, votre sœur... votre sœur... n'est plus....

Henri n'en entendit pas davantage : il tomba privé de sentiment. — Allons, la crise est forte, dit Mullern, mais elle en durera moins!...

L'étranger, surpris à l'improviste, allait succomber

Et il s'occupa du soin de rappeler Henri à la vie. Aidé du jardinier, qui accourut à ses cris, il le transporta dans la maisonnette et le mit au lit. Le jeune homme ne rouvrit les yeux que pour retomber dans un état plus alarmant que celui d'où il sortait; une fièvre ardente s'était emparée de ses sens; un délire effrayant avait remplacé sa raison; il ne voyait, ne reconnaissait plus personne. Mullern, effrayé de l'état de Henri, se cognait la tête, s'arrachait les cheveux, et paraissait s'attribuer à lui seul la cause du mal qui accablait son cher élève.

Notre héros resta cinq jours dans cet état, et Mullern passa tout ce temps près de son lit. Enfin la nature, plus forte que le mal, rappela Henri à l'existence; et le sixième jour il recouvra sa raison et avec elle un peu plus de tranquillité.

— Ouf!... voilà la crise passée!... dit Mullern en voyant Henri plus calme. Ma foi! elle a été rude; et si vous aviez succombé, je n'avais plus d'autre parti à prendre que d'aller tenir compagnie aux grenouilles qui sont dans les fossés du château! Mais vous revenez à la vie, et je me sens soulagé d'un boulet de trente-six que j'avais là sur la poitrine. — Mon pauvre Mullern, dit Henri en souriant, combien je te cause de chagrin!... — Recouvrez la santé, le courage surtout, et je serai payé de mes peines. Henri promit tout, et Mullern l'embrassa en pleurant de joie.

Henri fut encore quinze jours sans pouvoir quitter le lit. Mullern ne perdait pas de vue son élève; mais Henri demandait quelquefois où était Franck, et pourquoi il ne le voyait jamais auprès de lui. — J'ai dit à Franck d'aller nous chercher une bonne voiture pour nous emmener quand vous serez en état de partir : voilà pourquoi vous ne le voyez pas ici. D'ailleurs est-ce que vous n'êtes pas satisfait de mes soins, que vous demandez votre domestique? — Que tu es injuste, mon cher Mullern! Si je demande Franck, c'est afin que tu puisses à ton tour prendre le repos dont tu as besoin. — Soyez tranquille; mon repos, à moi, c'est votre santé, et je ne serai plus malade quand vous vous porterez bien. — Bon Mullern!...

Lorsque Henri fut en état de sortir un peu, Mullern le conduisit dans la campagne par une petite porte qui était à deux pas de la maison du jardinier. — Pourquoi sortons-nous du château? disait Henri à Mullern. — Parce que la vue de la campagne vous distraira plus que celle d'un parc que vous avez parcouru cent fois. — Mais, Mullern, je l'aurais revu avec tant de plaisir!... — Non, monsieur, cela vous aurait affecté, et vous n'irez pas... Henri n'osait résister; mais cependant il sentait au fond de son cœur le plus vif désir de revoir les lieux qu'il allait quitter de nouveau, et peut-être pour bien longtemps.

Lorsque Mullern crut voir que Henri était assez fort pour se remettre en voyage, il lui annonça que dans deux jours ils quitteraient le château. — Franck est donc de retour? dit Henri. — Oui; et la chaise de poste nous attendra devant la petite porte qui est ici près, et qui donne sur la grande route. — Quoi! nous ne sortirons pas par le château? — Vous voyez bien que cela est inutile... Henri n'osa répliquer; mais il se promit bien de ne pas partir sans avoir visité pour la dernière fois l'asile de son enfance.

La veille du jour fixé pour leur départ, Mullern, qui était accablé par la fatigue, engagea Henri à se coucher de bonne heure afin d'être plus tôt éveillé le lendemain matin. Henri, qui avait déjà son projet en tête, feignit de consentir au désir de Mullern. Notre hussard se coucha, et ne tarda pas à s'endormir. Lorsque Henri fut certain qu'il ne songeait plus à lui, il se leva avec précaution, sortit doucement de la chaumière et prit le chemin du château.

La soirée était superbe; un clair de lune magnifique répandait sur toute la nature une teinte bleuâtre, et l'œil, en se fixant sur un bosquet, sur un arbrisseau, croyait distinguer une ombre immobile, une figure bizarre. C'est alors que mille objets frappent notre vue, troublent notre imagination, et ne sont pourtant produits que par le reflet de l'astre de la nuit. Henri marchait d'un pas tremblant; son esprit, affaibli par sa maladie, enfantait mille visions; à chaque objet qu'il rencontrait son cœur battait avec force; un secret pressentiment semblait l'avertir que quelque chose d'extraordinaire allait s'offrir à sa vue.

Il parvint enfin dans la partie des jardins qui était tout près du château. Ne pouvant plus maîtriser son agitation, il entre dans un bosquet pour s'asseoir un moment et reprendre un peu de calme... Mais quelque chose frappe ses regards : sur le banc où il veut se reposer il distingue une ombre blanche qui paraît immobile et ne s'aperçoit pas de sa présence. Henri ne peut commander à son émotion, il est forcé de s'appuyer contre un arbre; il cherche à surmonter sa faiblesse... Mais

Julia la femme de chambre de la marquise.

l'ombre se lève, s'avance lentement vers lui; un rayon de la lune donne sur sa figure, il la reconnaît. — Ombre de ma pauline!... s'écrie-t-il en tombant à genoux devant elle, aurais-tu quitté le séjour céleste pour venir visiter celui qui ne peut désormais être heureux sur une terre que tu n'habites plus avec lui!...

— Henri!... dit une voix faible, et Pauline (car c'était elle) tombe sans connaissance devant son amant. — Grand Dieu! s'écrie Henri, est-ce une illusion?... Mais, non, c'est bien elle, c'est ma Pauline!...

Le ciel, touché de mon désespoir, me l'a rendue pour ne plus m'en séparer.

Henri s'empresse de secourir son amante; Pauline rouvre les yeux, elle reconnaît Henri, elle lui sourit tendrement, elle est dans les bras de celui dont elle s'est crue séparée pour toujours : Henri au comble de la joie la presse contre son cœur, la couvre de baisers; Pauline, loin de repousser ses transports, se livre à toute sa tendrese, et ils oublient tous deux les liens qui les unissent pour ne plus songer qu'à l'amour qui les égare et les entraîne dans l'abîme qu'ils n'ont pas eu la force d'éviter.

Le repentir suivit de près la faute; mais cette faute-là n'était pas de celles qu'un amant fait oublier par de nouvelles caresses!... Henri, effrayé de l'énormité de son crime, n'ose plus lever les yeux sur celle dont il a causé la perte. Pauline pleure, gémit, et reste privée de sentiment sur le gazon témoin de sa défaite. Henri ne songe pas à secourir celle qu'il a mise dans cet état; il fuit avec rapidité le fatal bosquet, s'enfonce dans le parc, gagne la campagne, et disparaît du château avant que le soleil ne vienne éclairer son forfait.

Carll le vieux concierge, gardien intéres de la cave.

Pauvre Pauline! qui donc viendra sécher tes larmes... calmer ton désespoir?... Il te quitte, celui qui seul pourrait alléger tes souffrances! il te quitte en jurant de ne te revoir jamais!... Mais le ciel prendra pitié de tes maux!... il t'enverra un ami, un consolateur, dans le moment où tu murmures contre la Providence et contre la rigueur de ta destinée.

Avant tout, il est bon d'expliquer au lecteur comment Pauline, qui passait pour morte, s'était trouvée avec Henri dans le bosquet.

Nous avons vu combien Mullern fut contrarié de ce que Henri ne voulait pas s'éloigner du château pendant la maladie de sa sœur. Le bon hussard vit bien que le jeune homme conservait toujours dans le fond de son cœur une passion qui devait faire le malheur du reste de sa vie, et il résolut de l'éteindre par quelque moyen violent. En apprenant la maladie de Pauline, il lui vint aussitôt dans l'idée de la faire passer pour morte. Il se rendit donc auprès de la jeune malade pour s'assurer d'abord de sa situation; il trouva Pauline fort mal, et pensa que ce qu'il avait imaginé comme un mensonge pourrait bien devenir la vérité. Néanmoins, il ne voulut pas attendre l'événement, et le même soir il se rendit auprès de Henri. Nous savons comment il mit son projet à exécution. Cependant, malgré la douleur qu'il s'attendait à voir éclater, il ne croyait pas que sa ruse produirait un effet si violent; et lorsqu'il vit son cher Henri aux portes du tombeau, il se repentit du moyen qu'il avait employé pour le guérir de son amour. Enfin Henri recouvra la santé, et Mullern commença à respirer. Pendant la maladie de Henri, Mullern avait appris par Franck que Pauline était presque entièrement rétablie; mais comme la crise était passée, il ne voulut pas instruire Henri de cette nouvelle, et résolut de l'entretenir dans une erreur qui devait lui rendre le repos. Voilà pourquoi

Franck, valet de Henri.

il eut soin d'éloigner Franck de son maître, et d'empêcher Henri de se promener dans le château.

M. de Monterranville reçoit les avis de l'infâme Stoffar.

Le projet de Mullern était bien conçu, mais le destin ne permit pas qu'il reçût son exécution. Pauline, qui depuis quelques jours allait prendre l'air dans les jardins du château, attirée par la beauté de la soirée, était allée s'asseoir sous un bosquet touffu, et avait oublié, dans ses réflexions, que l'heure de se retirer était passée depuis longtemps. Nous avons vu comment le diable s'y prit pour réunir les deux amants et pour renverser en une minute tous les plans de notre hussard.

Mais Mullern ne pouvait pas toujours dormir, le souvenir du voyage qu'ils vont entreprendre l'éveille à la pointe du jour; il se lève, il s'habille, et court au lit de Henri pour savoir s'il a bien passé la nuit. Quel est son étonnement... son inquiétude... en ne voyant plus Henri dans la chaumière!... — Allons, dit-il, mon jeune homme a encore fait des siennes! Ne perdons pas de temps et mettons-nous vite sur ses traces!... Et déjà Mullern est dans le parc, qu'il parcourt dans tous les sens; enfin le hasard le conduit dans le bosquet fatal; il croit de loin distinguer quelque chose; il approche, et voit Pauline étendue sur la terre et privée de sentiment.

Notre hussard ne s'amuse pas à faire des conjectures. — Le diable s'en mêle, dit-il; ils se sont vus, parlé, et l'action a été chaude, à ce qu'il me paraît. Mais où est donc mon élève?... En attendant, Mullern charge Pauline sur ses épaules, et prend le chemin du château. Tout le monde dormait encore; mais, au tapage qu'il fait, on est bientôt sur pied, les domestiques viennent en chemise savoir ce qu'il y a de nouveau. — Allons, mille bombes! mes amis, il faut vous mettre tous en campagne et sur-le-champ. Votre jeune maître a le diable au corps; je vois bien qu'il est inutile de vous le cacher plus longtemps courez sur ses traces; que chacun se mette en route, et qu'on le ramène fût-il au bout du monde. J'irai bientôt moi-même me joindre à vous. En finissant ces paroles, Mullern les pousse les uns sur les autres dans la campagne : quelques-uns veulent faire les mutins, et observent qu'ils ne peuvent s'éloigner en chemise; mais Mullern les met à la porte à coups de pied dans le derrière, et personne ne résiste à ce dernier argument.

Après avoir mis ses ambassadeurs en campagne, Mullern s'empressa de retourner auprès de Pauline et de lui prodiguer tous les secours que réclamait sa situation. Après bien des peines, il parvint à lui faire ouvrir les yeux. — Henri! fut le premier mot qu'elle prononça; ensuite elle aperçut avec étonnement Mullern à ses côtés. — Oui, je vois bien que vous êtes surprise de me voir, lui dit notre hussard, et je vous assure que de mon côté j'aimerais mieux être à cent lieues de vous!... Mais, enfin!... Franck avait bien raison de dire qu'il y a une destinée!...

Pauline ne comprit pas grand'chose à ce discours; mais Mullern lui expliqua ce qu'il voulait dire, et la manière dont il l'avait trouvée dans le bosquet. — Et Henri, qu'est-il devenu? demanda Pauline. — Il aura craint mes remontrances, et il a pris la fuite!... Il doit pourtant savoir que, malgré mon air sévère, je n'ai pas un cœur de rocher!... Mais Mullern ne se doutait pas encore de l'énormité de la faute de Henri.

Après avoir essayé de consoler Pauline, il la laissa dans son appartement pour aller à la recehrche du fugitif. Pauline, lorsqu'elle fut seule, donna un libre cours à ses larmes; elle craignait et désirait en même temps que Mullern parvînt à ramener Henri. Quelquefois la raison et le devoir lui faisaient appréhender son retour; mais l'amour, plus fort que tous les sentiments, reprenait toujours le dessus, et finissait par l'emporter.

Cependant Mullern et tous les domestiques revinrent au château sans apporter aucune nouvelle de Henri. Le lendemain, mêmes perquisitions, sans avoir plus de succès. Les jours, les semaines s'écoulèrent, et Henri ne revint pas!... Mullern ne perdait pas courage, et faisait quelquefois des absences de huit jours, dans l'espérance d'être plus heureux; mais, lorsque deux mois furent écoulés, il commença à perdre patience, et envoya au diable celui qu'au fond du cœur il désirait tant retrouver.

— Mais enfin, pourquoi cette fuite? disait Mullern à Pauline lorsqu'ils étaient seuls ensemble; je lui avais défendu de vous voir, c'est vrai! mais je ne lui ai pas conseillé de devenir fou.

Pauline baissait les yeux et ne répondait rien. Mullern, voyant que ses questions ne faisaient que redoubler son chagrin, changeait de conversation et s'efforçait de la distraire. La pauvre enfant paraissait effectivement avoir grand besoin de distraction. Ce n'était plus Pauline telle qu'elle était un an auparavant, si fraîche, si jolie, et dont les yeux brillants annonçaient le plaisir et la santé!... Ses larmes en avaient terni l'éclat, son teint pâle et flétri trahissait les souffrances de son âme, et tout en elle annonçait une victime de l'amour!

Plus le temps s'écoulait, plus le chagrin de Pauline semblait augmenter. Elle passait les journées entières enfermées dans son appartement, ou à pleurer au fond d'un bosquet solitaire. Mullern présumait que c'était la peine qu'elle éprouvait de la fuite de Henri. Notre bon hussard n'était guère plus gai qu'elle et fort peu en état de la consoler.

Un soir que Mullern était sorti du château pour respirer l'air frais de la campagne, il aperçut de loin une femme dont la démarche précipitée annonçait quelque dessein extraordinaire — Oh! oh! dit Mullern, quelle est cette femme?... L'obscurité de la nuit l'empêchait de la reconnaître; mais il résolut de la suivre afin de satisfaire sa curiosité. L'inconnue traversa rapidement un petit bouquet de bois qui conduisait au bord d'un étang situé à peu de distance du village; elle prenait les sentiers les plus détournés, paraissait craindre d'être aperçue, et s'arrêtait de temps à autre, comme pour écouter si elle n'était pas suivie. Mullern alors se tenait caché derrière un arbre, retenait son haleine et ne faisait pas le moindre mouvement. C'est de cette manière qu'ils arrivèrent tous deux au bord de l'eau. Alors l'inconnue s'arrête sur une espèce de monticule qui dominait l'étang et se met à genoux. Mullern s'arrête aussi de son côté : une secrète terreur s'était emparée de ses sens. Bientôt une voix plaintive fait entendre les paroles suivantes : — O mon Dieu! pardonnez-moi l'action que je vais commettre! Prenez pitié de mon désespoir, n'accablez pas de toute votre colère celui qui a partagé mon crime, et pour lequel je sacrifie une existence que je n'ai plus la force de supporter!...

Mullern n'en entendit pas davantage. Ayant reconnu la voix, il courut vers celle qu'il voulait sauver; mais il n'était plus temps. Pauline, car c'était elle, s'était déjà précipitée au milieu des eaux.

Notre hussard, sans perdre un seul instant, jette de côté son bonnet, sa veste, et tout ce qui aurait pu l'embarrasser; ensuite, se jetant à la nage, il parvient à atteindre l'infortunée qui allait périr, la saisit avec force, la ramène vers le rivage, et remercie le ciel d'avoir secondé son entreprise.

Mullern avait étendu Pauline sur la terre, mais elle était inanimée, et son état demandait de prompts secours. Comment faire cependant? Il était tard, tous les villageois étaient livrés au repos. Il n'y avait qu'un parti à prendre, celui de retourner au château. Ils en étaient fort éloignés, et le bon hussard se sentait harassé par toutes les secousses qu'il avait éprouvées; mais le désir de faire une bonne action lui rendit ses forces. Il mit Pauline sur ses épaules, et chargé de ce précieux fardeau prit avec courage le chemin du château.

Après une heure d'une marche fatigante, Mullern vit enfin le terme de son voyage. Tout le monde était déjà couché; mais il avait toujours sur lui une clef de la petite porte du parc : il posa Pauline à terre, et ouvrit cette porte. En prenant Pauline dans ses bras, il sentit que son cœur battait et qu'elle avait une légère respiration. — Allons, dit-il, elle n'est pas morte, et je suis payé de ma peine. Le mouvement de la marche avait effectivement ranimé les sens de Pauline; et lorsque Mullern la déposa sur son lit, elle rouvrit les yeux, sans qu'il eût besoin de chercher des secours étrangers.

— Où suis-je? dit-elle en portant autour d'elle des regards où se peignaient l'étonnement et la douleur. — Dans un lieu que vous ne quitterez plus désormais sans ma permission, lui répondit Mullern d'un ton sévère. — Quoi! c'est vous, Mullern!... Comment se fait-il?... — Comment il se fait,... c'est que je vous ai suivie, mademoiselle, et le ciel a permis que j'arrivasse assez à temps pour prévenir votre forfait!... Mais me direz-vous à vote tour comment il se fait que vous ayez pu porter à un tel excès la démence? Quel désespoir agitait donc votre esprit? Quel égarement troublait votre raison?... Vous vous taisez. Parlez, mademoiselle; ce n'est pas par le silence que l'on s'excuse d'un pareil crime; oui, d'un crime, je le répète, et quel qu'en soit le motif, c'en est toujours un de se défaire de la vie; j'estime les malheureux qui supportent leurs maux avec courage, mais je méprise ceux qui s'en délivrent par une lâcheté.

Pauline écoutait Mullern attentivement, son discours fit sur elle l'effet qu'il en attendait; il attendrit son âme, et elle versa un torrent de larmes. Dès que Mullern la vit pleurer, il sentit sa sévérité l'abandonner, et s'approcha d'elle pour la consoler.

— Allons, je vous pardonne, dit-il en lui prenant la main, mais c'est à une condition... — Quelle est-elle? — C'est que vous allez me dire le motif de votre désespoir; car enfin il faut bien qu'il y en ait un. — Ah! ne me forcez pas à rougir devant vous par le récit de ma honte...— Il le faut, vous dis-je. Allons, morbleu! du courage! — Vous l'ordonnez!... O mon Dieu! qu'il m'en coûte... Eh bien!... — Achevez. — Je suis... — Vous êtes?... — Je suis enceinte!

Mullern est anéanti; Pauline se cache le visage dans ses mains. — Vous êtes enceinte! dit enfin Mullern en sortant de sa stupéfaction, et vous vouliez vous donner la mort! Malheureuse!... vous vouliez donc la donner aussi à l'innocente victime que vous portez dans votre sein? Ah! vous êtes bien plus coupable que je ne le pensais! — Je ne sens que trop mon crime! Mais, hélas! cette malheureuse créature que j'aurais privée de la lumière, n'est-elle pas elle-même, avant sa naissance, vouée à la honte et au mépris? Enfant du crime et du malheur, osera-t-elle jamais nommer les auteurs de ses jours?... — Que voulez-vous dire?... — Faut-il donc vous apprendre quel est son père!... — Quoi!... Henri!... mon élève!... Ah! triple tonnerre! voilà qui me coule à fond! Je n'ai plus d'autre parti à prendre que d'aller me faire friser les épaules par un boulet de quarante-huit.

L'aveu que Pauline venait de faire avait épuisé le reste de ses forces, et elle retomba sans connaissance sur son lit. Quant à Mullern, ses esprits étaient trop frappés de ce qu'il venait d'apprendre pour qu'il fût en état de s'apercevoir de ce qui se passait autour de lui. Immobile devant la cheminée, il regardait sans voir, songeait sans penser, souffrait sans sentir, et la nuit s'écoula pour lui sans qu'il fût revenu de cette espèce d'anéantissement.

Des coups redoublés, qui se firent entendre à la porte du château, rappelèrent Mullern à lui-même. Il se frotte les yeux comme quelqu'un qui sort d'un songe pénible, regarde autour de lui d'un air surpris, et aperçoit Pauline, qui était encore dans le même état. Cette vue lui rappelle tout ce qui s'est passé, deux grosses larmes s'échappent de ses yeux; il les essuie en soupirant, secoue la tête, relè" sa moustache, et descend l'escalier avec précipitation.

On continuait à frapper avec violence, le concirge s'habillait lentement. Mullern, impatienté, va lui-même ouvrir la porte. Un courrier lui remet une lettre et s'éloigne rapidement en disant qu'il n'y a pas de réponse. Mullern tenait la lettre dans sa main, et pensait à autre chose qu'à la lire, lorsqu'en jetant les yeux sur l'adresse, il reconnaît l'écriture de son colonel. — Oh! oh! dit-il en se frottant les yeux pour s'assurer qu'il ne rêve pas..., c'est bien de mon colonel, et la lettre m'est adressée!... Par quel hasard sait-il que je suis dans le château?... Et cet animal de courrier qui est reparti comme une bombe! J'aurais dû l'interroger. Allons, lisons. Je crois que je tremble pour la première fois de ma vie! Si mon colonel sait tout ce qui s'est passé, cette lettre est ma condamnation!... N'importe, j'ai mérité d'être puni, et j'aurai le courage de m'exécuter moi-même si mon colonel me l'ordonne.

En finissant ces paroles, Mullern ouvre brusquement la lettre et en parcourt le contenu; bientôt un changement sensible s'opère sur son visage à mesure qu'il lit. des larmes s'échappent des yeux du bon hussard, mais ce sont des larmes de joie, de plaisir, d'attendrissement. A peine a-t-il achevé sa lecture, qu'il se précipite comme un fou vers l'escalier qui mène à l'appartement de Pauline. — *Vivat!* victoire.... crie Mullern en enjambant quatre à quatre les marches de l'escalier. Il arrive enfin dans la chambre de Pauline, que sa femme de chambre avait fait revenir à elle. Elle regarde Mullern avec étonnement; elle ne comprend rien à cette joie extraordinaire. — Tenez, lisez, lisez vous-même, lui dit Mullern en lui donnant la lettre qu'il vient de recevoir, et vous verrez si j'ai tort d'être au comble de la joie. Mais, avant d'expliquer au lecteur le motif de la joie subite de Mullern et le contenu de la lettre qui en est la cause, il faut rejoindre le colonel Framberg, que nous avons laissé prêt à partir pour Paris.

## CHAPITRE XXI. — Bonheur.

Le colonel avait écouté attentivement le récit que Henri lui avait fait des aventures de d'Ormeville. Son âme noble et généreuse conçut aussitôt le projet de se rendre à Paris, et d'y faire toutes les démarches nécessaires afin de savoir ce qu'était devenu le père de son cher Henri. A la vérité, ce dernier avait déjà fait inutilement cette recherche. Mais Henri ne connaissait personne à Paris; sa jeunesse d'ailleurs devait inspirer peu de confiance. Le colonel, au contraire, était d'un âge et d'un rang à commander le respect et l'estime. Il se fit donner des lettres pressantes pour les hommes en place, et espéra obtenir plus de succès dans son entreprise.

Le colonel Framberg fit diligence; et à son arrivée à Paris il se mit sur-le-champ en mesure pour commencer les recherches nécessaires, et tâcher de savoir ce qu'était devenu d'Ormeville. Ses démarches eurent le plus prompt succès; le ministre apprit au colonel que celui qu'il cherchait était emprisonné à la Force, une des principales prisons de la capitale. D'Ormeville avait été arrêté à son arrivée à Paris, et la peine de mort, à laquelle il avait été condamné, avait été commuée en dix années de prison, ce qui était déjà une grande faveur; et comme les personnes qui en voulaient à d'Ormeville n'existaient plus, il espérait bientôt recouvrer sa liberté. Mais il aurait fallu que le prisonnier eût en France quelqu'un qui s'intéressât à lui, et fît les démarches nécessaires pour son élargissement : malheureusement, il n'y connaissait personne; et il aurait probablement passé en prison le temps qui lui était fixé, si le hasard ne lui eût envoyé un protecteur puissant dans la personne du colonel. Celui-ci s'occupa aussitôt de faire rendre la liberté à d'Ormeville, dont la faute n'avait pas été assez grave pour lui mériter tant de rigueur, et qui avait assez souffert par un exil de vingt ans.

Les démarches que le colonel fut obligé de faire traînèrent plus en longueur qu'il ne l'aurait cru. On lui avait déjà accordé la permission de voir d'Ormeville; mais il ne voulait se présenter à lui qu'en lui apportant sa grâce. Quelle conduite généreuse envers un homme qui avait été son rival!... qui l'avait privé de l'amour d'une femme qu'il adorait! et qui allait encore lui enlever celui qu'il regardait comme son fils! Il existe peu d'hommes comme le colonel.

Enfin, après plus de trois mois passés en démarches et en sollicitations, le colonel Framberg obtint la liberté du père de Henri. Quel moment pour son âme généreuse! Avec quelle ivresse il se rendit à la prison! Le sentiment d'une bonne action le paya amplement de toutes les peines qu'il s'était données. D'Ormeville n'attendait plus sa grâce : le malheureux, assis dans un coin de sa prison, pens'it à sa Pauline; le chagrin qu'elle devait éprouver augmentait la tristesse de sa situation. Tout à coup les portes de sa prison s'ouvrent, un homme qu'il ne connaît pas, mais dont la figure annonce la bonté, se présente devant lui (le lecteur se doute bien que c'est le colonel); il se jette en entrant dans les bras de d'Ormeville, celui-ci, étonné, ne sait que penser de tout ce qu'il voit. — Embrassons-nous d'abord, lui dit le colonel, nous ferons connaissance après; en attendant, voici votre liberté: je suis le colonel Framberg, et c'est moi qui l'ai obtenue.

D'Ormeville ne sait s'il est bien éveillé, le nom du colonel le mot de liberté, le frappent au point de le rendre immobile; mais le colonel, qui s'attendu à sa surprise, l'entraîne hors de la prison, le fait monter dans sa voiture, et se fait conduire à l'hôtel qu'il habite. — Ce n'est point un songe! dit-il, je suis en liberté, et c'est à vous monsieur le colonel, à vous que je la dois!... — Je conçois votre étonnement, mon cher d'Ormeville, et je vais le faire cesser; mais comme le récit que j'ai à vous faire est un peu long, attendons que nous soyons rendus à mon hôtel, nous pourrons y causer sans être interrompus. D'Ormeville y consent, ils arrivent enfin; le colonel fait défendre qu'on les interrompe, et raconte à d'Ormeville tous les événements que nous avons déjà rapportés.

Qui pourrait peindre l'étonnement de d'Ormeville en apprenant que son fils existe, et qu'il va bientôt l'embrasser? Sa joie tient du délire : il se jette dans les bras du colonel en le nommant son dieu tutélaire. Tout d'un coup il s'arrête et réfléchit profondément. — Qu'avez-vous, lui dit le colonel, d'où naît votre étonnement? — Auriez-vous un autre fils? lui dit d'Ormeville. — Non, je n'ai jamais eu que Henri, qui m'en a tenu lieu. — Henri!... Plus de doute! c'est lui. — Que voulez-vous dire? — Je connais ce fils adoré!... et le ciel l'a choisi pour me sauver l'existence! — Se pourrait-il?... Henri vous a sauvé la vie! — Dans une forêt, à six lieues de Strasbourg, j'allais être la victime de deux assassins, lorsque la Providence m'a envoyé mon fils pour me sauver la vie.

D'Ormeville était effectivement ce voyageur que Henri avait sauvé. Le colonel Framberg admira les décrets de la Providence, qui avait envoyé le fils au secours du père; ensuite il continua son récit, que d'Ormeville avait interrompu par ses exclamations. Lorsque ce dernier apprit les amours de Pauline et de Henri, et le chagrin que le colonel éprouvait de cette fatale passion, il l'interrompit en lui disant : — Séchez vos pleurs, mon ami; nos enfants seront rendus au bonheur et à l'amour. Apprenez, enfin, que Pauline n'est pas ma fille. — Elle n'est pas votre fille!... s'écrie le colonel ivre de joie. Oh! pour le coup j'en perdrai la tête! Ces chers enfants!... Ils ont eu tant de chagrins Je n'ose encore croire à ce bonheur!... — C'est la vérité, mais je conçois qu'elle a besoin d'explications. Écoutez-moi, et je vais, à mon tour, vous faire le récit de tous les événements qui me sont arrivés depuis le moment où je me séparai de celle que je comptais nommer mon épouse.

### HISTOIRE DE D'ORMEVILLE.

« En quittant ma chère Clémentine, je me rendis à Vienne pour y offrir mes services à l'Empereur. La guerre était déclarée entre la Russie et l'Autriche, je n'eus pas de peine à me faire agréer; et en considération de ma bonne volonté et de ma naissance, je fus bientôt lieutenant dans un régiment de hussards qui allait se mettre en campagne. Je partis avec ma compagnie. Nous rencontrâmes l'ennemi près d'un village entre Novogorodeck et Wilna. La bataille fut sanglante et les Russes furent défaits, comme je l'appris par la suite; car, ayant reçu un coup de feu au commencement de l'action, je tombai de cheval et fus laissé pour mort sur le champ de bataille.

» Un paysan qui passa près de moi longtemps après que les deux armées furent éloignées, s'aperçut que je respirais encore; il eut l'humanité de me charger sur son dos et de me porter dans sa chaumière, afin de m'y donner tous les secours que réclamait ma situation.

» Je restai près d'un an chez ce bon villageois, car ce ne fut qu'au bout de ce temps que mes blessures, parfaitement guéries, me permirent de songer à regagner mes drapeaux. Mais pendant ma longue maladie, les hasards de la guerre avaient rendu les Russes maîtres du lieu où j'étais caché; ils avaient établi des postes dans tous les endroits qu'il m'aurait fallu traverser pour retourner en Autriche, et je vis que je ne pouvais quitter le village où j'étais sans m'exposer à des dangers presque inévitables.

» Que pouvais-je faire?... Ma situation était affreuse; je ne possédais pas la plus petite somme d'argent, et je ne voulais pas être plus longtemps à la charge du brave homme qui m'avait conservé la vie.

» Je n'avais qu'un parti à prendre, celui de travailler pour vivre, et je m'y décidai promptement. Le bon paysan qui m'avait secouru me trouva de l'ouvrage chez un fermier des environs. J'endossai l'habit qui convenait à mon nouvel état, et je me mis à travailler à cette terre, qui n'est jamais ingrate envers ceux qui l'arrosent de leurs sueurs.

» Je vivais assez tranquillement; depuis longtemps je m'étais accoutumé à ma nouvelle existence : d'ailleurs le souvenir de ma Clémentine et l'espoir de la revoir un jour me faisaient supporter avec courage la longueur de mon exil. Vous savez qu'en venant en Allemagne je quittai le nom de d'Ormeville pour prendre celui de Christiern, et j'avais conservé ce nom dans l'endroit où j'étais.

» A une demi-lieue de la ferme que j'habitais, était un petit château appartenant à un nommé Droglouski. Ce Droglouski n'était pas aimé dans les environs, et il circulait même sur son compte différents bruits auxquels je faisais peu d'attention. Comme son château était sur une élévation d'où l'on découvrait tous les pays d'alentour, lorsque mes travaux me le permettaient je dirigeais mes pas de ce côté; et, tournant mes regards vers les lieux qui étaient embellis par ma chère Clémenüne, je demandais au ciel qu'il me permît bientôt de revoir celle que j'adorais.

» J'avais remarqué dans mes promenades solitaires un homme que je rencontrais souvent sur mon passage, et qui paraissait m'examiner attentivement. Je n'y fis pas d'abord grande attention, mais cependant, impatienté de voir toujours cet homme sur mes pas, je demandai au fermier s'il le connaissait. Sur le portrait que je lui en fis, il me dit que ce ne pouvait être que le confident et le domestique de M. Droglouski, et que même il se rappelait que cet homme était venu à la ferme et lui avait fait diverses questions à mon sujet. Curieux de savoir ce qu'il pouvait me vouloir, je résolus de lui parler la première fois que je le rencontrerais.

» L'occasion ne tarda pas à se présenter : quelques jours s'étaient à peine écoulés, que, me trouvant un soir aux environs du château, je vis mon homme à deux pas de moi. Je l'abordai et lui dis que j'étais très étonné de le rencontrer sans cesse sur mes pas, et que je le priais de m'en expliquer le motif. — Vous le saurez, me répondit-il d'une voix sombre; mais comme ce que j'ai à vous dire est très-important, rendez-vous ce soir à minuit en ces lieux, nous ne craindrons pas d'être surpris, et vous y apprendrez ce qui vous intéresse. — Pourquoi pas tout de suite? lui dis-je surpris du ton avec lequel il me parlait. — Non, répondit-il; à minuit vous saurez tout, mais n'y manquez pas! il y va de votre vie!... Il s'éloigna en disant ces mots, et me laissa dans un étonnement que je ne puis vous dépeindre.

» Serais-je découvert? me dis-je lorsque je fus seul, dois-je aller à ce rendez-vous?... Je balançai longtemps; enfin, réfléchissant qu'il m'avait dit que ma vie en dépendait, je présumai qu'il ne voulait me livrer que dans le cas où je lui manquerais de parole, et je résolus d'être exact à l'heure indiquée.

» A minuit j'étais au lieu dit, à cent pas du château; je ne tardai pas à voir mon homme s'avancer vers moi. Il me mena sur un banc au pied d'un arbre, et me tint ce discours : Vous êtes Autrichien, et par conséquent en guerre avec les Russes; vous n'avez pas le sou, et vous n'attendez qu'une occasion favorable pour retourner dans votre patrie. Si vous étiez reconnu, vous seriez sur-le-champ mis à mort; je puis, moi, vous livrer à vos ennemis et vous faire conduire au trépas : c'est ce que je ferai si vous ne consentez pas à ce que je vais vous proposer.

» Je vis que j'avais affaire à un scélérat; mais ma vie était entre ses mains, et il fallait dissimuler. Qu'exigez-vous de moi? lui dis je. — Le voici, me répondit-il. Il existe dans ce château que vous voyez devant nous un enfant de trois à quatre ans, son existence contrarie diverses personnes : nous aurions pu lui donner la mort nous-mêmes; mais j'ai jeté les yeux sur vous, parce que ce meurtre, commis dans le château, aurait peut être donné des soupçons.

» Je frémis d'horreur à ce discours; mais je cachai mon indignation, et le scélérat continua : — Il est inutile que vous connaissiez les motifs de cette vengeance; je vous engage même à ne jamais vous en informer, car cette curiosité vous coûterait la vie; et si dans quelques annees vous étiez tenté de revenir dans ce pays (car je présume que vous retournerez en Autriche dès que la paix sera faite), je vous préviens que vous feriez une démarche inutile; car ce château sera abandonné, et vous n'y trouveriez plus personne. Ainsi, décidez-vous, et voyez si vous voulez faire ce que j'exige de vous, vous en serez récompensé largement : si vous refusez, au contraire, je vais vous dénoncer aux Russes qui occupent ce pays, et vous ne pourrez échapper à la mort. — Il n'y a pas à balancer, lui dis-je, j'accepte. — C'est fort bien ; en ce cas, suivez-moi, je vais vous livrer l'enfant. — Quoi! sur-le-champ?... — Sans doute, le plus tôt sera le mieux.

» Je suivis en frémissant le scélérat qui me jugeait capable de seconder son odieux projet. Il me conduisit dans l'intérieur du château : un silence profond y régnait. Arrivé dans une salle basse, il me laissa, en me disant d'attendre son retour. Je restai seul quelques minutes, j'écoutais attentivement si je n'entendrais rien qui pût m'instruire; mais un calme profond et extraordinaire me fit juger que l'homme qui m'avait introduit l'habitait seul, et j'avoue qu'alors je formai le projet de délivrer la terre de ce monstre, et de sauver son innocente victime. Mais je fus trompé dans mon espoir : mon homme revint tenant un enfant dans ses bras; il était suivi d'un autre personnage qui était masqué, et qui me regardait sans parler. — Tiens, voilà l'enfant et une bourse pleine d'or, me dit mon premier introducteur, tu sais ce que tu as à faire; va, sors de ce château, et songe bien que si tu n'exécutes pas nos ordres, ta mort suivra de près ta trahison.

» Je ne répondis rien ; Je pris l'enfant et la bourse, et mon homme m'accompagna jusqu'à la porte du château : là, après avoir renouvelé ses menaces, il me quitta, et je me vis seul avec l'enfant.

» Pauvre petite ! dis-je en l'examinant, car je vis que c'était une petite fille qui pouvait avoir tout au plus quatre ans; dussé-je y perdre la vie, je te sauverai de la fureur de tes ennemis ! Mon parti fut bientôt pris; si je restais dans le village, je devais m'attendre à y être arrêté; je résolus donc de chercher un autre asile; à la vérité, je pouvais aussi être pris en fuyant; mais je pensai que le ciel protégerait mon action, et cet espoir me donna du courage. Effectivement, je fis plusieurs lieues sans aucun danger, et je parvins enfin à une immense forêt où je pensai que je ferais bien de rester caché quelque temps.

» La pauvre enfant que le ciel m'avait confiée était l'objet de ma plus tendre sollicitude. Hélas! privé de tout, j'étais obligé de lui faire chaque soir un berceau avec des branches d'arbres; et le matin, avant qu'elle fût réveillée, je me rendais en tremblant à la chaumière d'un paysan, et j'y achetais les provisions nécessaires à notre existence. La petite, par ses innocentes caresses, me faisait oublier mes maux; elle m'appelait son père, et je résolus de lui en tenir lieu. Je la nommai Pauline, et je souhaitai qu'avec un nom français elle eût aussi la gaieté et la grâce des femmes de mon pays.

» Enfin je reçus la récompense qui suit toujours une bonne action : quinze jours s'étaient à peine écoulés depuis que nous habitions la forêt, lorsque j'appris que les Autrichiens s'avançaient à marches forcées vers l'endroit où j'étais réfugié; les Russes fuyaient devant les vainqueurs, et je me vis bientôt au milieu de mes camarades.

» Je repris dans les rangs le grade que j'y occupais; mais ma petite Pauline m'embarrassait beaucoup, lorsque le hasard me fit connaître la respectable madame Reinstard; elle avait suivi son fils à l'armée; il avait été tué, et elle était livrée au plus profond désespoir. Je lui proposai de servir de mère à Pauline, que je lui dis être ma fille; elle y consentit avec joie et partit pour Offembourg, devant se loger aux environs. Je comptais aller la rejoindre au bout de peu de temps, et j'espérais revoir aussi ma Clémentine!... Mais, hélas!... un officier qui avait passé près du château de Framberg, m'apprit que celle que j'adorais m'ayant cru mort comme tout le monde, avait épousé le colonel Framberg; qu'elle en avait eu un fils, et qu'après quelques années de mariage elle venait de perdre la vie.

» Cette nouvelle anéantit tous mes projets de bonheur. Je ne songeai plus qu'à mourir pour rejoindre ma Clémentine. Plusieurs batailles se livrèrent, je cherchai la mort dans les rangs ennemis; mais elle fut sourde à mes vœux, et je n'y trouvai que la gloire. Je fus fait capitaine, et le temps, ainsi que le souvenir de ma petite Pauline, parvinrent enfin à calmer mon désespoir. Je venais passer tous mes quartiers d'hiver auprès de celle qui me croyait son père, et je me gardai bien de lui apprendre le contraire, afin de lui éviter des chagrins qui n'auraient fait que répandre une teinte sombre sur les beaux jours de sa jeunesse.

» J'étais aussi heureux que je pouvais l'être; je regardais Pauline comme ma fille, et jamais il ne me vint dans l'idée que le fruit de mes amours avec Clémentine pouvait être ce Henri de Framberg que chacun nommait votre fils.

» Le désir de revoir ma patrie vint enfin troubler ma tranquillité. Vous savez le reste, monsieur le colonel, et je ne puis assez vous exprimer toute la reconnaissance que je vous dois. »

## CHAPITRE XXII. — Peu intéressant mais nécessaire.

Qui pourrait peindre la joie du colonel Framberg en apprenant que Pauline n'est pas la sœur de Henri? — Ils pourront donc se livrer sans remords à leur tendresse!... dit-il à d'Ormeville; car je ne doute pas que vous n'approuviez leur amour! — Ah! monsieur le colonel, répondit ce dernier, croyez-vous que je retrouverais mon fils pour faire son malheur? Et d'ailleurs n'avez-vous pas toujours sur lui les droits d'un père, puisque vous lui en avez tenu lieu si longtemps? Vous les conserverez, ces droits respectables, et je regarderais Henri comme indigne de ma tendresse s'il n'avait pas toujours pour vous la même affection.

Les deux amis s'embrassèrent cordialement, en se jurant réciproquement d'avoir toujours pour Henri et Pauline la tendresse d'un père. — Mais, à propos, dit le colonel, n'avez-vous jamais fait aucune démarche pour découvrir quels étaient les parents de cette pauvre petite, et pour savoir d'où venait la haine des monstres qui voulaient sa mort? — Jamais, je vous l'avoue, je n'ai cherché à les découvrir. D'abord, j'ai pensé que je prendrais une peine inutile; il m'aurait fallu retourner dans un pays où je ne connais personne, pour y chercher des gens qui certainement n'auront pas attendu mon retour pour fuir des lieux qu'ils avaient tant d'intérêt d'abandonner ainsi qu'ils me l'avaient dit. Ensuite j'ai réfléchi sur la situation de ma chère Pauline; elle était heureuse, tranquille auprès de moi, et j'allais peut-être troubler son repos, réveiller contre elle la haine de ses ennemis, en cherchant à lui faire connaître des parents qui sans doute s'intéressent peu à elle, puisqu'ils n'ont fait aucune démarche pour la retrouver. — Vous avez raison relativement au premier point, mon cher d'Ormeville; mais, quant au second, je ne suis pas de votre avis; car, maintenant que Pauline a en nous des protecteurs, des amis qui sauront la garantir des piéges de ses vils ennemis, que voulez-vous qu'elle craigne, si nous cherchons à découvrir sa naissance pour lui faire rendre sa fortune? car elle doit en avoir, n'en doutez pas, mon ami, c'est toujours pour de l'or qu'il y a des êtres capables de se porter aux plus grands forfaits. — Je le pense comme vous; mais comment faire? quels moyens employer? — Nous y réfléchirons. Je me rappelle... oui, peut-être ceux que nous cherchons ne me sont-ils pas inconnus. Que voulez-vous dire? — Vous vous souvenez de l'aventure qui vous est arrivée dans la forêt auprès de Strasbourg, et où Henri vous sauva la vie? — Ah! je ne l'oublierai jamais! — N'avez-vous pas réfléchi que ces deux hommes, qui n'étaient pas des assassins ordinaires, pouvaient être des envoyés de ceux qui vous ont remis l'enfant, et qui veulent vous punir de ne pas avoir obéi à leurs ordres? — Je l'ai pensé dans le moment; mais comment supposer que je retrouve en France, et auprès de moi, des gens qui ont tant d'intérêt à me fuir? — Certes, ils ne vous y cherchaient pas; mais s'ils vous y ont rencontré, ils auront cru nécessaire de vous sacrifier à leur sûreté. Rappelez-vous qu'ils vous croient Autrichien d'origine, et que, ne pensant pas vous trouver en France, c'était une raison de plus pour les engager à venir y demeurer. — Vous m'ouvrez les yeux, mon cher colonel, et je ne doute plus maintenant que les scélérats qui en voulaient à ma vie ne soient les mêmes qui avaient juré la mort de ma chère Pauline. — Apprenez donc comment j'espère les découvrir : Henri, en écoutant la conversation de ces deux misérables, avait eu tout le temps d'examiner leur visage; jugez de sa surprise, lorsqu'en se rendant à la petite maison où j'avais trouvé l'hospitalité, justement au milieu de la forêt, il reconnut dans le maître de cette habitation un de vos assassins, celui qui a échappé à la juste punition qui lui était due, en se sauvant à l'approche de Henri. — Se pourrait-il!... Et cet homme?... — Cet homme n'a pu reconnaître Henri qu'il n'avait pas eu le temps d'examiner; mais, soit qu'il eût conçu des soupçons, le lendemain, lorsque nous partîmes, il avait déjà quitté sa maison. — Je ne doute pas qu'il ne puisse nous instruire de ce que nous avons tant d'intérêt à savoir; mais où le trouver maintenant? — Nous y parviendrons, n'en doutez pas. Dans le premier moment où Henri me le fit connaître, je refusai de punir un homme à qui je devais l'hospitalité; mais à présent que je suis instruit de tous ses crimes, je le découvrirai dussé-je le chercher jusqu'au bout du monde. — Je vous seconderai, colonel, et nous parviendrons à démasquer les méchants.

Les deux amis, d'accord sur ce point, songèrent que le plus pressé était de rejoindre leurs enfants; et le colonel, qui avait appris que Mullern et Henri étaient au château, écrivit au premier une lettre dans laquelle il lui détaillait tout ce qui lui était arrivé. Il le chargeait de ménager à ses enfants le plaisir d'une nouvelle aussi heureuse; et, afin d'être plus tôt réunis, il engageait Mullern à venir avec Henri et Pauline au-devant d'eux. Cette lettre une fois partie, le colonel et son ami firent tout préparer pour leur départ, et se mirent bientôt en route pour le château de Framberg. Laissons-les voyager, et revenons au château.

Lorsque Pauline eut fini de lire la lettre du colonel, elle partagea les transports de joie de Mullern; et son émotion fut si forte, qu'elle pensa lui être fatale, et qu'elle perdit de nouveau l'usage de ses sens.

— Allons!... triple bourrade!... dit Mullern en mettant tout sens dessus dessous, voilà qu'avec ma diable de tête j'ai encore fait des bêtises, et que, pour avoir voulu lui causer trop de plaisir, je vais l'envoyer dans l'autre monde sans passe-port!... Cependant, malgré les craintes de Mullern, Pauline revint à elle et se trouva mieux que jamais. — Ah! mille bombes! dit notre hussard, ne recommencez plus vos évanouissements, car je finirais par en perdre la tête.

Pauline voulait s'habiller tout de suite pour aller au-devant de ses bienfaiteurs. — Un instant, dit Mullern; je n'ai pas envie que vous vous trouviez encore mal en chemin, et comme cela pourrait arriver, nous ne partirons qu'après-demain, parce que vous êtes trop faible pour vous mettre en route.

Malgré tout ce que Pauline put dire sur sa santé, Mullern fut inexorable. — J'en suis aussi fâché que vous, lui dit-il, car je brûle de revoir mon colonel; mais je suis devenu sage par expérience, et il faut prendre patience.

Après que le premier transport de joie fut passé, Pauline soupira et regarda tristement le ciel; de son côté, Mullern devint rêveur, et se mit le poing sur l'oreille, comme c'était son habitude lorsque quelque chose l'affectait. Au bout d'une demi-heure de silence, ils se regardèrent tous deux.

— Je devine ce que vous allez me dire... dit Mullern à Pauline, nous l'avions oublié dans le premier moment de notre joie; mais cela ne pouvait pas durer. — Hélas!... où est-il maintenant?... — Il est à pleurer sa faute dans quelque coin, comme un pénitent!... Oh! s'il avait eu le courage d'attendre de pied ferme les événements, il ne nous aurait pas mis dans l'embarras où nous sommes!... car, qu'irons-nous faire sans lui devant ceux qui nous attendent!... que dira mon colonel? — Que dira son père, qui croit le presser bientôt dans ses bras?... — Que dirons-nous, si l'on nous demande le sujet de sa fuite?... Ah! mille escadrons! je crois que je redoute autant de voir mon colonel que j'avais d'impatience, il n'y a qu'un instant, d'aller me jeter à son cou.

Enfin Mullern réfléchit que, aidé du colonel et de d'Ormeville, il découvrirait plus aisément Henri, et qu'une fois retrouvé, ils seraient tous parfaitement heureux. Tranquillisé par ces réflexions, il s'occupa de consoler Pauline, et y parvint sans peine. Elle avait trop de plaisir à le croire pour essayer de combattre ses raisons.

Les deux jours s'écoulèrent, et Franck, que Mullern avait chargé des préparatifs du départ, vint lui dire que la chaise de poste les attendait.

— Allons, partons, dit Mullern, et il envoya chercher Pauline. Pendant ce temps, notre hussard préparait un discours pour son colonel; car il redoutait le premier moment de l'entrevue. Il se promenait dans la cour, allait sur la porte du château, regardait dans la campagne, et disait en lui-même : — Où est-il, ce démon-là!... que fait-il maintenant? Ah! s'il connaissait son bonheur!... Mais, non, il aime mieux courir les champs et me faire damner, que de revenir vers moi... Cet élève-là m'a donné bien du fil à retordre.

Pauline ne tarda pas à descendre : elle jetait de tristes regards sur ce château où, en si peu de temps, il lui était arrivé tant d'événements. Mullern la fit monter dans la voiture en lui disant : — Tenez, j'ai un secret pressentiment que nous reviendrons bientôt ici plus contents que nous n'en partons. — Puisses-tu dire vrai!... répondit Pauline en soupirant.

Mullern se plaça à côté d'elle, Franck monta en postillon, et ils s'éloignèrent du château.

La chaise de poste ne s'arrêta qu'une fois pour changer de chevaux jusqu'à Blamont; là, nos voyageurs descendirent à l'auberge de la Poste, dans le dessein d'y passer la nuit.

### Chapitre XXIII. — Attentat coup du sort.

L'auberge était remplie de voyageurs, les gens couraient de côté et d'autre sans savoir à qui répondre. Mullern et ses compagnons eurent bien de la peine à parvenir jusqu'à l'aubergiste, enfin ils le rencontrèrent.

— Monsieur l'hôte, dit Mullern, donnez-nous vite des chambres avec des lits, et à souper. — Mon... monsieur l'hus... l'hus... sard.. ça serait... ça serait... avec beau... beau... avec beaucoup de plaisir, mais c'est que... c'est que... — Eh bien, c'est que... voyons, tâchez de parler plus clairement. — Je... je, je n'en ai plus qu'une fort... fort jolie, avec un lit. — Allons, voilà bien le diable!... dit Mullern; comment allons-nous faire?... Cependant Pauline était trop fatiguée pour aller plus loin; Mullern l'engagea à prendre la chambre qui restait, espérant que lui et Franck trouveraient bien à se coucher quelque part, fût-ce encore au grenier.

Il fit signe à l'aubergiste de les conduire dans la chambre en question, car il voulait éviter de lui parler, tant son bégaiement l'impatientait.

Pauline fut conduite à une jolie pièce donnant sur la rue; et comme elle ne voulait rien prendre, Mullern lui souhaita le bonsoir en l'avertissant qu'il viendrait la chercher le lendemain matin pour partir.

Mullern et Franck, qui n'avaient pas envie de se coucher sans souper, demandèrent à l'aubergiste où ils seraient servis le plus promptement. — Si... si... ces messieurs veulent venir à la, la... à la, la... Allons, mille bombes! finirez-vous?... — A la ta, ta, ta. Au diable le maudit bègue, avec sa ta ta, ses si si et ses la la; je crois, morbleu! qu'il s'amuse à nous solfier les psaumes du roi David!... — Monsieur, plus vous vous impatienterez, moins il parlera bien, dit Franck. — C'est fort agréable! en ce cas, charge-toi de le faire expliquer, car il me prend envie de lui délier la langue à coups de plat de sabre.

Franck fut plus adroit que Mullern, car l'aubergiste les conduisit à la table d'hôte, où on allait souper. — Allons, va pour la table d'hôte, dit Mullern, nous verrons après à penser à nos lits.

La chambre où l'on soupait était occupée par beaucoup de monde: cependant, en y entrant, Mullern distingua un homme qui se leva de table avec précipitation, et sortit de la chambre en mettant son mouchoir sur sa figure : notre hussard n'y fit pas grande attention, et alla prendre à table la place que le voyageur venait de quitter.

Mullern et Franck soupaient tranquillement depuis quelques minutes, s'occupant peu des autres voyageurs, qui causaient entre eux, lorsque deux hommes, vêtus comme des rouliers, entrèrent dans la chambre, et vinrent s'asseoir en face de Mullern et de son compagnon.

La conversation ne tarda pas à s'engager entre ceux-ci et les nouveaux venus; ils paraissaient être de bons vivants, buvant sec et causant beaucoup. Ils mirent Mullern sur le chapitre de ses batailles; et quand une fois celui-ci était en train d'en parler, ce n'était pas pour peu de temps, sa tête s'échauffait, et il se croyait encore au moment de l'action. Les deux voyageurs paraissaient prendre beaucoup de plaisir à l'entendre, et l'excitaient à continuer. Tout en parlant, on buvait; et la conversation se prolongea tellement que peut-être Mullern aurait passé la nuit sous la table, s'il ne s'était aperçu que Franck ronflait déjà à côté de lui.

— Il faut se coucher, dit Mullern en se levant de table. Il allait un peu de travers, mais cependant il pouvait encore se soutenir. Les deux voyageurs appelèrent l'aubergiste, et se donnèrent beaucoup de mal pour trouver une chambre à Mullern et à son compagnon. Notre hussard les remerciait en leur frappant amicalement sur l'épaule, et en jurant qu'ils étaient de bons enfants.

Grâce aux soins des deux voyageurs, Mullern et Franck eurent une petite chambre, à la vérité dans les mansardes; mais ils auraient dormi sur les toits... On les conduisit, et ils ronflèrent bientôt à l'unisson.

Dix heures venaient de sonner lorsque Mullern s'éveilla le lendemain. — Morbleu!... dit-il, voilà une belle conduite!... Mais aussi je me rappelle qu'hier au soir il y a deux diables d'hommes qui nous ont fait boire comme des templiers. Allons! mille bombes! il faut réparer le temps perdu

En disant cela, Mullern poussa Franck, qui dormait encore, et ils s'habillèrent précipitamment. — Je suis certain, disait Mullern, que mademoiselle Pauline nous attend depuis plus de deux heures! Tâchons de ne pas la laisser s'impatienter davantage.

Il descend l'escalier quatre à quatre et se rend au corps de logis où avait couché Pauline. Il frappe plusieurs coups à la porte; point de réponse. — Elle s'est ennuyée d'attendre, et elle est sans doute allée se promener au jardin, se dit Mullern; et il redescend vite l'escalier et traverse la cour pour aller au jardin. Chemin faisant, il rencontre l'aubergiste qui l'arrête : — Où... où... va, va... monsieur? — Parbleu! je vais chercher la jeune dame qui a couché dans ce corps de logis, et qui n'est pas dans sa chambre; elle est probablement au jardin. — Pas du... pas du... pas du tout...; monsieur sait bien qu'elle... elle... est partie. — Comment, partie!... non, triple tonnerre! je ne le sais pas! mais cela ne se peut pas; voyons, quand? comment? avec qui? — Toutou... toutou... tout à l'heure. — Se pourrait-il! — Avec un homme qui qui... qui qui... — Allez au diable avec vos qui qui, dit Mullern transporté de colère, et il repousse rudement l'hôte, qui va tomber le derrière sur la niche d'un gros dogue de basse-cour, lequel, effrayé de cette attaque imprévue, mord la fesse à celui qui venait de troubler son repos.

Mullern, se doutant qu'il y a quelque chose d'extraordinaire dans tout cela, prend le parti de courir après Pauline. — Quelle route a-t-elle prise? demanda-t-il à une jeune servante qui était assise devant la porte. — La route de Lunéville, monsieur. Et aussitôt notre hussard saute sur le premier cheval venu, et prend la route de Lunéville.

— Elle est partie tout à l'heure, m'a-t-on assuré, se disait Mullern en galopant, ainsi elle ne peut être encore bien loin; j'aurais dû attendre Franck, le prévenir!... mais aussi ce diable d'homme m'avait tant impatienté!...

Comme Mullern achevait ses réflexions, il lui sembla entendre des cris à quelque distance; il court vers l'endroit d'où ils partaient, et, aperçoit une chaise de poste arrêtée. — Voyons, se dit Mullern, serait-ce celle que je cherche? Aussitôt il fait aller son cheval ventre à terre; il approche et distingue une femme qui veut s'élancer hors de la voiture, et qui en est empêchée par un homme qui s'oppose à sa fuite. Cette femme, c'est Pauline! et Mullern reconnaît dans cet homme un de ceux qui, la veille, ont pris tant de plaisir à l'écouter. — Ah! double traître! tu vas me le payer, dit notre hussard en s'avançant vers lui. — Mais comment se fait-il que cette voiture soit arrêtée? Il faut qu'il y ait un motif. Le bruit de deux épées qui se croisent fait tourner la tête à Mullern, et il voit deux hommes se battant avec acharnement. — Bon! dit-il, l'un des deux est le défenseur de Pauline!... Mais notre hussard, embarrassé, ne sait de quel côté porter ses pas; enfin il pense qu'il faut d'abord sauver celui qui expose sa vie pour protéger Pauline. Il court donc du côté des combattants... Mais, ô nouvelle surprise! l'un est M. de Monterranville, que Mullern avait tant envie d'assommer, et l'autre, bonheur inespéré! c'est son cher Henri après lequel il soupirait depuis si longtemps.

Par quel hasard se trouvait-il là, et si à propos, pour empêcher sa Pauline d'être enlevée par un scélérat qui voulait sa perte, c'est ce que nous allons apprendre au lecteur dans le chapitre suivant; mais pour cela il faut remonter au moment où notre héros s'est éloigné si brusquement du château.

## CHAPITRE XXIV. — Court et triste.

On doit se rappeler que Henri s'éloigna du château au milieu de la nuit, et dans un état d'égarement qui ne lui permettait pas de réfléchir où il allait, ni de songer à ce qu'il pourrait devenir.

Le souvenir de son crime troublait sa raison et oppressait son âme. — O mon Dieu! disait-il, vous qui m'avez donné un cœur pour aimer avec passion, et une âme trop faible pour surmonter une tendresse criminelle, arrachez-moi la vie, ou éloignez de ma pensée l'image de celle qui fait mon supplice et mon bonheur, et que ma faute conduira peut-être au tombeau!... Après avoir marché toute une journée à travers les champs, Henri, ne pouvant plus résister à la fatigue, s'arrêta dans une cabane de bûcheron. Il était alors au milieu de la Forêt-Noire, à peu de distance de Freudenstadt. Le pauvre Henri, qui sortait d'une maladie, n'était pas en état de supporter un aussi grand chagrin; et à peine fut-il chez le bon paysan qu'il retomba malade une seconde fois. Cependant, en entrant chez son hôte, Henri lui avait défendu de dire qu'il logeait un voyageur chez lui, et celui-ci avait religieusement gardé son secret. Voilà pourquoi Mullern, dans ses fréquentes excursions, n'avait pas découvert Henri chez le bûcheron.

Ce bon hussard ne se doutait guère que son cher élève était aussi près de lui; qu'une fièvre brûlante le consumait, et qu'abattu par le chagrin et les souffrances, il n'avait pour le soulager qu'un misérable bûcheron manquant lui-même de tout. Mullern aurait volé auprès de lui afin de veiller sur ses jours, mais le destin en ordonnait autrement.

Au bout de six semaines, Henri se trouva enfin en état de quitter la Forêt-Noire. Il dit adieu à son hôte et partit sans savoir où il irait. Voulant pourtant s'éloigner du château de Framberg, il prit la route de France et s'arrêta quelque temps à Strasbourg. Il alla loger dans la maison où il avait retrouvé sa chère Pauline, dans cette maison où il avait passé les plus heureux instants de sa vie auprès de celle qu'il nommait alors son épouse.

Après y être resté deux mois, notre jeune homme résolut, pour se distraire, de se rendre à Paris. Son dessin était aussi de recommencer dans cette ville ses recherches sur son père, qu'il brûlait de connoître et d'embrasser. Il ignorait que son généreux bienfaiteur s'était chargé de ce soin, et qu'il venait de réussir dans son entreprise.

Le hasard voulut que Henri s'arrêtât à Blamont, dans la même auberge où vinrent loger Mullern et ses compagnons. C'est lui qui était assis à la table d'hôte lorqu'ils entrèrent dans la salle. Henri les reconnut sur-le-champ, et, ne voulant pas être vu de Mullern, se hâta de sortir en mettant son mouchoir devant sa figure.

L'orsqu'il fut dans sa chambre, il pensa que peut-être Pauline accompagnait Mullern. Ne pouvant résister à sa curiosité, il descendit interroger une servante de l'auberge, qui lui apprit qu'effectivement une jeune dame, telle qu'il la dépeignait, était arrivée avec le hussard, et qu'elle couchait dans un appartement au premier.

Lorsque Henri fut certain que Pauline, Mullern et Franck voyageaint ensemble, il chercha à deviner le motif de ce voyage, et ne put en trouver d'autre sinon qu'ils étaient encore à sa poursuite. Bien résolu à ne pas se montrer, il remonta dans sa chambre en réfléchissant à cette rencontre; mais l'idée que sa Pauline reposait sous le même toit que lui ne lui permit pas de prendre un instant de repos.

Le lendemain matin, Henri se leva dès le point du jour. Ne pouvant résister au desir de voir un instant sa Pauline, il alla se mettre en embuscade devant la porte de l'auberge, attendant avec impatience le moment où elle en sortirait. Après avoir attendu fort longtemps, il commençait à perdre courage, et allait quitter la place, lorsqu'il vit cette femme si désirée passer devant lui; mais Mullern et Franck n'étaient pas avec elle : un seul homme, un homme que Henri ne connaît pas, paraît la conduire. Étonné de ce qu'il voit, notre héros les suit à une assez grande distance. Arrivés sur la lisière d'un bois, deux hommes s'élancent sur Pauline et l'emportent dans une chaise de poste qui est à deux pas; en vain Pauline se débat et appelle à son secours, elle est bientôt dans la voiture, et l'homme qui l'avait amenée au rendez-vous monte en postillon et fouette les chevaux, qui s'éloignent rapidement.

Henri avait couru au secours de Pauline; mais il était à une trop grande distance pour espérer pouvoir la soustraire à son ravisseur. Cependant l'amour et la fureur lui donnent des ailes; il court de telle force, qu'il parvient à atteindre la voiture. Alors il crie au postillon d'arrêter; celui-ci ne l'écoutant pas, et continuant d'aller son train, Henri emploie le seul moyen qui lui reste pour sauver son amie: il tire un de ses pistolets sur le conducteur, qui tombe mort sur le grand chemin.

Aussitôt la voiture s'arrête; un homme en descend comme un furieux et court sur Henri l'épée à la main: Henri le reconnaît, c'est M. de Monterranville: c'est l'assassin de la forêt. — Viens, misérable, lui dit-il, viens recevoir la punition de tous les crimes.

Il attend de pied ferme son adversaire, et tous deux s'attaquent avec une égale fureur; c'est alors que notre hussard se trouva sur le lieu du combat.

## CHAPITRE XXV. — Heureuse rencontre.

— Ah! ah!... gibier de potence, dit Mullern en courant vers les combattants, tu oses te frotter à mon élève! Attends, attends, nous allons te faire voir si nos sabres ont le fil.

Mais Mullern arriva trop tard pour avoir le plaisir de sabrer lui-même, car au moment où il parlait M. de Monterranville reçut de Henri un coup d'épée qui l'étendit aux pieds de notre hussard.

— Bravo! bravo! mon cher Henri, dit Mullern en sautant au cou de son élève: voilà qui vous rend tout à fait digne de moi, car le coquin y allait comme un furibond. Mais j'en vois encore un qui se sauve. Ah! pour celui-là, j'en fais mon affaire.

En disant ces mots, Mullern galope vers l'homme qui avait gardé Pauline pendant le combat, et qui s'était sauvé dès qu'il avait vu son maître étendu par terre. Comme il avait beaucoup d'avance sur Mullern, il allait lui échapper, lorsque notre hussard aperçut dans le lointain une chaise de poste venant du côté par où son homme se sauvait. — Barrez-lui le passage, arrêtez-moi ce coquin-là!... se met aussitôt à crier Mullern. Soit qu'on l'entendît ou que l'on devinât ce qu'il voulait dire, la voiture s'arrête; deux hommes en descendent et barrent le chemin au fuyard. Bientôt on le saisit: Mullern s'avance pour remercier les voyageurs, et saute à leur cou en reconnaissant le colonel Framberg et son ami.

Le colonel et d'Ormeville, surpris de cette rencontre, lui font mille questions. — Venez, leur dit-il, suivez-moi, vous allez les voir, vous allez en apprendre de belles sur ce coquin de Monterranville!... Mais ne laissons pas échapper celui-ci!... Nous saurons de lui tous les détails de cet enlèvement.

Les deux amis ne comprennent rien à tout cela, mais n'en suivent pas moins Mullern, qui les conduit sur le lieu du combat, où Henri était occupé à calmer l'effroi de sa chère Pauline. Ce pauvre Henri était au comble de la joie : un mot de Pauline avait suffi pour le rendre heureux : elle lui avait déjà dit en se jetant dans ses bras : — Tu n'es pas mon frère!

— Tiens, voilà ton père! lui dit-elle en reconnaissant d'Ormeville. — Se pourrait-il! grand Dieu!... c'est vous!... Et Henri est déjà dans les bras de l'auteur de ses jours.

La joie est portée jusqu'au délire : le colonel, d'Ormeville, Henri, Pauline, Mullern, se précipitent dans les bras l'un de l'autre : les voilà réunis! Ils peuvent donc s'aimer sans crime après tant de chagrins, après tant de traverses! Leur âme oppressée peut à peine supporter cet excès de bonheur, et des larmes d'attendrissement viennent baigner leurs paupières.

— Ah!... mille millions de cartouches! nous sommes vainqueurs! dit Mullern en faisant sauter son schako en l'air; mais ce n'est pas sans peine, car la place a été longue à emporter.

Lorsque les premiers transports furent un peu calmés, les voyageurs songèrent à quitter l'endroit où ils étaient pour continuer leur route jusqu'au château de Framberg; mais un gémissement qu'ils entendirent leur fit tourner la tête; ils s'aperçurent que M. de Monterranville respirait encore, et faisait signe pour que l'on vînt à son secours.

— Il ne faut pas abandonner cet homme, dit le colonel; ses aveux pourront nous être d'une grande utilité, et nous apprendre enfin quelle est l'origine de notre chère Pauline.

Tout le monde approuva le colonel, et l'on se rendit auprès du blessé. — Je sens, dit-il, que je n'ai plus que quelques instants à vivre; mais, comme mes déclarations rétabliront la fortune de cette jeune femme, que j'ai tant persécutée, conduisez-moi à l'endroit le plus prochain, et là, devant un notaire, je vous ferai, si j'en ai la force, le récit de ma malheureuse existence. On s'empressa de faire ce que le mourant désirait. Mullern et Franck formèrent un brancard, sur lequel il fut placé. Le postillon, qui était mort, fut laissé sur la place, jusqu'à ce que la justice se rendît sur les lieux; on emmena l'autre complice du blessé, et on reprit le chemin de Blamont, dont les voyageurs n'étaient pas éloignés.

Lorsqu'ils furent arrivés à l'auberge, le colonel fit chercher un médecin, un notaire et des témoins. Le médecin ayant visité la blessure de M. de Monterranville annonça qu'il n'avait que peu d'instants à vivre, et qu'il fallait en profiter si l'on avait besoin de ses déclarations. Aussitôt tout le monde se réunit dans la chambre du malade, qui fit entendre, non sans peine, le récit suivant :

### HISTOIRE DE M. DE MONTERRANVILLE.

« Maintenant que la mort plane sur ma tête, que mon être approche de sa dissolution, je frémis en me retraçant tous les forfaits que la jalousie et la cupidité m'ont fait commettre!... Le bandeau qui couvrait mes yeux est tombé... les remords viennent déchirer mon âme!... et je ne puis plus me faire illusion!... Ah!... qu'ils sont terribles les derniers moments du criminel!... il n'a plus aucune consolation!... le monde qu'il quitte ne le regarde qu'avec horreur!... et le souvenir d'une bonne action ne vient pas adoucir ses tourments!

» O vous que je persécute depuis l'enfance, femme intéressante!... combien vous allez rougir en reconnaissant votre oncle dans le misérable qui est devant vos yeux!... »

— Mon oncle!... s'écrie Pauline avec surprise. — Son oncle! disent tous les assistants. Le blessé fit signe qu'on l'écoutât, et continua en ses termes :

« Mon véritable nom est Droglouski; je suis né à Smolensko : le palatin mon père était immensément riche, et n'avait d'enfants que moi et une fille plus jeune de deux ans.

» Dès ma plus tendre enfance, je portai la haine la plus violente à cette sœur, parce que je prévoyais qu'il faudrait partager avec elle le riche héritage de notre père, que la cupidité me faisait désirer de posséder entièrement.

» Le malheur voulut que je prisse à mon service un nommé Stoffar; cet homme était le plus vil scélérat de la terre. S'apercevant de ma haine pour ma sœur, il flatta mes passions, sut capter ma confiance, et devint bientôt mon confident intime.

» Belliska, ma sœur, était chaque jour l'objet de ma jalousie et de ma méchanceté; elle souffrait, sans se plaindre, tous les maux que je lui faisais endurer. Mais, soit que mon père en fût instruit, soit qu'il devinât mon odieux caractère, il me légua seulement le tiers de ses biens, donna le reste à ma sœur, et m'ordonna de quitter le pays qu'il habitait.

» Je m'éloignai la rage dans le cœur, en jurant de me venger, et je me rendis avec Stoffar dans un petit château isolé, que j'achetai près de Wilna, et où je me retirai, afin de méditer en liberté sur les moyens de perdre celle que je détestais.

» J'étais depuis près d'un an dans ce château, lorsque j'y appris la mort de mon père. Cette nouvelle, loin de m'attrister, ne fit qu'augmenter ma haine pour Belliska, et m'affermir dans le dessein de la perdre. Elle se trouvait alors une des plus riches héritières de la Russie, et sa fortune était l'objet de toutes mes espérances; car j'avais déjà presque entièrement dissipé le bien qui m'était revenu.

» Pendant que je délibérais avec Stoffar sur le parti qu'il fallait prendre, ma sœur se maria avec un jeune officier russe qu'elle aimait. Cette nouvelle redoubla mon désespoir. — Nous avons trop tardé, monsieur, me dit Stoffar, il faut agir et suivre mes conseils. Rendez-vous d'abord auprès de votre sœur, feignez d'avoir oublié les différends qui ont eu lieu entre vous, et marquez-lui la plus tendre amitié.

» Je suivis ses conseils sans trop savoir quel était son projet. Ma sœur, toujours bonne, me reçut à bras ouverts, et me présenta à son époux, qui me fit aussi un accueil très-flatteur. Ils m'engagèrent à rester quelque temps avec eux; j'y consentis.

» Bientôt cependant tous nos plans furent encore traversés par la naissance d'une fille que ma sœur mit au monde, et que l'on nomma Eliska. C'était vous, malheureuse Pauline!... et, dès votre entrée dans le monde, je vous vouai la haine la plus implacable.

» Le hasard qui semblait favoriser mes projets permit que le comte Beniouski, votre père, fût appelé à l'armée pour se mettre à la tête de son régiment, qui allait combattre les Suédois. Ma sœur ne se sépara de son époux qu'en versant des larmes amères; celui-ci m'engagea à ne point la quitter pendant son absence, et à être son protecteur. Je le lui promis!... Hélas! il ne savait pas à quel monstre il se confiait!

» Le malheur qui poursuivait Belliska voulut que son époux fût tué à la première bataille. Cette nouvelle me combla de joie, je me voyais par là débarrassé d'un obstacle à ma fortune; j'étais las de feindre pour ma sœur une amitié que mon cœur était si loin de ressentir, je voulais d'ailleurs jouir de ses richesses : et Stoffar me disait qu'il était temps d'agir.

» C'est maintenant que vous allez frémir d'horreur!... Mais je ne puis différer plus longtemps l'aveu d'un crime abominable. Sachez donc qu'un breuvage empoisonné me débarrassa pour jamais de celle que je détestais... Vous frémissez!... Ecoutez-moi jusqu'au bout.

» Afin d'éviter tout soupçon, j'avais eu soin de ne faire prendre qu'un poison lent à ma victime. Elle traîna donc près de six mois avant de mourir. Pendant ce temps, je redoublai de soins auprès d'elle pour mieux gagner sa confiance.

» Ma sœur, sentant sa fin s'approcher, était persuadée que c'était la douleur qu'elle ressentait de la mort de son époux qui la conduisait au tombeau. Elle me fit venir auprès d'elle, me recommanda sa fille, en me nommant son tuteur, et mourut sans avoir soupçonné que son frère était son assassin.

» Il ne restait donc plus que la petite Eliska, dont l'existence m'empêchait d'hériter des richesses de ma sœur. Je l'emmenai dans mon château isolé, afin d'y décider de son sort. Stoffar me conseillait de la faire périr; mais, par un excès de prudence qui me devint fatal, je voulus qu'on chargeât quelque étranger malheureux, dont nous n'aurions pas à redouter l'indiscrétion, de ce nouveau forfait.

» Vous vous rappelez, monsieur, dit Droglouski en s'adressant à d'Ormeville, comment Stoffar vous découvrit, et comment il jugea que vous étiez celui qu'il nous fallait pour exécuter notre projet. Nous savions que vous étiez au service de l'Autriche, nous vous crûmes Autrichien. Mon dessein étant de passer en France, je n'appréhendais pas de jamais vous y rencontrer; d'ailleurs vous ne me vîtes que masqué lorsque l'on vous remit l'enfant.

» Une fois cette affaire terminée, je fis passer ma nièce pour morte, et j'héritai de tous les biens de ma sœur. Comme mon plus ardent désir était de quitter un pays qui me rappelait tous mes crimes, je vendis promptement mes propriétés, et je passai en France avec Stoffar.

» J'achetai près de Strasbourg la petite maison que vous connaissez; sa situation isolée me convenait, et je m'y retirais de temps en temps lorsque j'étais las des plaisirs et des débauches auxquels je me livrais sans cesse à Paris avec mon digne confident.

» Je n'ai plus maintenant à vous raconter que les événements auxquels vous avez pris part. Un jour, Stoffar reconnut à Strasbourg dans M. d'Ormeville celui auquel nous avions confié l'enfant de ma sœur. — Il faut nous en défaire, me dit-il aussitôt; car je pourrais tôt ou tard être rencontré et reconnu par cet homme et je serais perdu. Mon âme répugnait à ce nouvel attentat; mais je craignais trop Stoffar pour lui résister, et votre mort fut résolue.

» Le ciel cependant ne permit pas que ce crime s'accomplît; vous fûtes sauvé par ce jeune homme que vous nommez votre fils, et Stoffar reçut la mort. Quant à moi, je me réfugiai dans ma demeure, assez content, je l'avoue, d'être débarrassé de mon complice.

» Plusieurs mois après cet événement, vous vîntes, monsieur, dit-il à Henri, dans ma maison pour chercher M. le colonel. Votre trouble, votre émotion à ma vue ne m'échappèrent pas; je me doutai que vous me connaissiez, et j'allai écouter votre conversation avec ce brave hussard afin d'éclaircir mes soupçons. A peine vous eus-je entendu, que je perdis la tête et pris la fuite au milieu de la nuit.

» Lorsque je fus un peu remis de ma frayeur, je résolus de savoir ce que vous feriez et si vous ne cherchiez pas à me nuire. En conséquence, je me déguisai en paysan et je vous suivis dans votre voyage avec votre ami Mullern.

» Vous vous rendîtes au château de Framberg, et moi je m'établis dans les environs : j'y appris bientôt vos amours avec celle que vous croyiez votre sœur; et lorsque je sus que le père de la jeune personne avait porté le nom de Christiern, qu'il était officier, et qu'il l'avait amenée de Russie, je ne doutai pas que ce fût ma nièce.

» Dès lors, madame, vous devîntes l'objet de toutes mes démarches, et je jurai de vous avoir en ma puissance ; craignant trop, si vous retrouviez votre protecteur, qu'il ne parvînt à me perdre.

» J'avais gagné à force d'or deux misérables qui devaient servir mes desseins, mais il n'était pas facile de vous enlever du château; j'étais cependant sur le point d'y parvenir, quand vous partîtes en chaise de poste avec Mullern et Franck.

» Je vous suivis de fort près; mais ce ne fut que dans cette auberge que je trouvai le moyen d'effectuer mon plan. Mes deux affidés se chargèrent de faire boire vos compagnons, qui auraient fait manquer notre entreprise...

— Ah ! les coquins ! interrompit Mullern, qui s'en serait douté !...

» Le lendemain matin, un d'eux alla frapper à votre porte ; il était déjà tard, et vous attendiez vos compagnons depuis longtemps : il vous dit qu'ils avaient fait raccommoder la chaise de poste, qui était un peu endommagée, et qu'ils vous attendaient à deux pas d'ici. Vous le crûtes, et vous vous laissâtes conduire dans le piége que je vous avais tendu, et qui aurait réussi si le ciel, lassé de mes crimes, ne vous eût envoyé des libérateurs ! »

### Chapitre XXVI. — Conclusion.

Ici M. de Monterranville, ou plutôt Droglouski, termina son récit, qui avait vivement affecté ses auditeurs. Le notaire l'avait transcrit mot à mot; le blessé le signa, en y faisant ajouter que sa nièce était sa seule héritière, et qu'elle trouverait dans sa petite maison de la forêt tout ce qui lui restait de son immense fortune, dont il n'avait encore dissipé que les trois quarts.

Cette affaire une fois terminée, nos amis quittèrent un homme dont la vue ne pouvait que leur être pénible, surtout à Pauline, à laquelle il tenait de si près. Mais à peine s'en étaient-ils éloignés qu'ils apprirent qu'il venait de rendre le dernier soupir.

— Bien le bonsoir, dit Mullern ; j'espère que nous ne nous rencontrerons plus. Pauline donna quelques soupirs à sa mémoire, non qu'elle pût avoir pour lui la moindre affection, mais parce que c'était le seul parent qu'elle avait jamais connu.

N'ayant plus rien qui les retînt à Blamont, nos amis prirent la route du château de Framberg, où ils arrivèrent le lendemain.

Avec quelle ivresse ils revirent ces lieux où chacun d'eux trouvait des souvenirs ! Le colonel et d'Ormeville unirent nos deux amants. L'hymen cacha les fautes de l'amour. Henri et Pauline, parvenus enfin au bonheur, ne quittèrent jamais leurs pères et leurs bienfaiteurs; le bon Mullern passa sa vie auprès d'eux, s'enivrant quelquefois et jurant toujours : mais il faut bien pardonner quelques défauts à celui dont l'âme renferme de belles qualités.

# LE VOYAGE A BEAUGENCY

PAR

## CH. PAUL DE KOCK

Tityre, tu patulæ recubans sub tegmine fagi,
Sylvestrem tenui musam meditaris avena :
Nos patriæ fines et dulcia linquimus arva,
Nos patriam fugimus !

— VIRGILE, *Bucoliques*. —

Je n'avais jamais quitté ma ville natale que pour faire quelques excursions dans les environs; je n'ai point la manie des voyages, et lorsque je poussais jusqu'à Versailles, ce qui ne m'arrivait que les jours où les eaux jouaient, je me croyais à cent lieues de mes pénates. J'éprouvais un certain malaise, un vide, une inquiétude qui troublaient mes plaisirs; le mal du pays me poursuivait sur le Tapis-Vert et me forçait à prendre bien vite une place dans une petite voiture retournant à Paris. Ce n'était qu'en apercevant la barrière que je commençais à respirer plus librement; et lorsque les roues de mon modeste équipage roulaient sur le pavé de la capitale, je sentais renaître toute ma gaieté.

Dans de semblables dispositions, on doit penser si je dus être contrarié en me voyant forcé, pour terminer une affaire d'intérêt, de me rendre en personne à Beaugency. Moi!... faire trente lieues à peu près! m'éloigner pour plusieurs jours de Paris!... de mon boulevard du Pas-de-la-Mule, de mon café Job et de l'Ambigu-Comique!... moi, qui tous les soirs fais ma partie de dames entre cinq et sept heures, et vais ensuite acheter une contre-marque pour voir les deux derniers actes d'un mélodrame dont je n'ai jamais vu le premier!

Je fus longtemps à me décider; l'intérêt, ce mobile de toutes les actions des hommes, l'emporta enfin. Il étouffa pour un moment dans mon cœur l'amour de la patrie!... J'allai retenir ma place à la diligence et je ne m'occupai plus que des apprêts de mon voyage, qui me semblait devoir être éternel. Je fis en soupirant ma valise, mes paquets; je versai quelques larmes sur mon sac de nuit. — Puisses-tu, lui dis-je, revoir bientôt l'oreiller domestique! Enfin je tâchais de m'étourdir, de reprendre courage; mais, malgré moi, mille histoires effrayantes arrivées à des voyageurs me revenaient à l'esprit. Je voulus dormir un moment pour me calmer, je rêvai de voleurs, de cavernes, de précipices, d'auberges tenues par des brigands; enfin j'eus un cauchemar affreux.

En me réveillant, je vois qu'il est l'heure de me rendre aux messageries; je pars le cœur gros, j'embrasse ma femme de ménage, mes voisins, et jusqu'à mon portier; je donne une dernière caresse au chat de mon épicière; je jette un regard humide sur mes persiennes entr'ouvertes, et sur un pot de jonquille que j'ai mis à ma fenêtre à l'insu du commissaire; je suis le commissionnaire qui porte mes paquets, et je me dis tout bas : — Qu'il est heureux! dans une heure il sera encore à Paris; et moi, où serai-je alors!... Hélas! je n'en sais rien, car je ne connais pas très-bien ma géographie.

Nous voici arrivés; le conducteur me presse, je monte comme quelqu'un qui ne sait plus où il en est, et, dans ma précipitation, je m'assieds sur les genoux d'une dame qui tenait sur elle un petit carlin. Le chien aboie et me mord; la dame crie, je me confonds en excuses et vais me jeter sur une autre personne : c'était un monsieur d'une cinquantaine d'années dont le ventre dépassait les genoux.

Il crie que je l'étouffe et me repousse brusquement sur la banquette vis-à-vis, où je me cogne le nez contre une nourrice qui donnait le sein à son poupon. L'enfant pleure, la nourrice me dit des injures, et je ne sais plus où donner de la tête, et je vais redescendre par l'autre portière, lorsque je me sens retenu par le pan de mon habit. C'était un militaire qui était assis près de la nourrice, et qui me dit, en me poussant rudement par les épaules : — Eh, mille escadrons, mettez-vous donc à votre place et tâchez de vous tenir tranquille.

Je ne me fais pas répéter deux fois cette invitation; ma place était entre le gros monsieur et la dame au carlin. Je m'y blottis et m'y tiens pendant plusieurs lieues sans oser lever les yeux; j'étais tellement serré que je pouvais à peine respirer et qu'il m'eût été impossible de fouiller dans ma poche pour prendre mon mouchoir. Au moindre mouvement que je faisais, le gros monsieur m'enfonçait son coude dans l'estomac en s'écriant : — Qu'on est mal dans ces voitures publiques! Je le sentais mieux que personne; car lorsque j'essayais de m'approcher de l'autre côté, le chien de ma voisine grognait et me montrait les dents. Quant à mes jambes, il m'était impossible de les allonger, sous peine de rencontrer les pieds du militaire, et j'ai toujours évité de marcher sur les pieds d'un homme qui se bat.

C'est ainsi que je fis la route; on parlait beaucoup autour de moi, mais je n'osais me mêler à la conversation. Ma voisine causait avec son chien, le gros monsieur avec la nourrice, et le militaire contait ses campagnes à un vieil abbé qui ronflait les trois quarts du temps.

Quant à moi, n'osant ni remuer, ni tousser, ni parler, ni me moucher, je me contentais de lancer de temps à autre un regard timide du côté de la portière, pour tâcher d'apercevoir quelque site pittoresque; mais toutes les fois que je voulais regarder sur la route, mon voisin étalait devant mes yeux un grand mouchoir à tabac, qui me masquait la vue, ou ma voisine bouchait l'autre portière avec son carlin, auquel elle voulait faire admirer la campagne.

Que l'on juge du plaisir que j'ai goûté en diligence; je suis cependant arrivé à Beaugency sans accident. Mais qui me répondra que je reviendrai de même à Paris? J'avoue d'ailleurs que je suis un peu dégoûté des voitures publiques. Lorsque je me mettrai en route pour revenir, j'aurai l'honneur de vous donner quelques détails sur mon retour.

# LE RETOUR DE BEAUGENCY,

PAR

## CH. PAUL DE KOCK.

> A tous les cœurs bien nés que la patrie est chère!
> Qu'avec ravissement je revois ce séjour!
>
> — VOLTAIRE, *Tancrède*. —

Vous m'avez laissé à Beaugency, cher lecteur, après un voyage en diligence qui n'avait eu rien d'agréable pour moi. Aussi éprouvai-je un sentiment de plaisir en sortant de cette maudite voiture où je n'avais pu remuer ni bras ni jambes. Pour me dédommager, aussitôt que je fus à terre, je me mouchai par trois fois de suite; je pris du tabac, et je tapai des pieds comme un cheval impatient de prendre le galop.

Cependant, comme il faut toujours être poli, surtout lorsqu'on veut éviter en voyage toute affaire désagréable, je saluai jusqu'à terre le militaire qui m'avait si rudement mis à ma place; je fis un gracieux sourire à la nourrice, je serrai la main au marchand de bœufs qui avait failli m'étouffer, et je dis un adieu bien tendre à la vieille dame dont le chien m'avait si souvent mordu les jambes: puis je m'éloignai, envoyant *in petto* au diable tous mes compagnons de route. Ce que c'est que les voyages! comme on apprend à dissimuler!

Mes affaires me retinrent six jours à Beaugency. Combien le temps me parut long! Quelle ville que Beaugency pour un homme qui a toujours habité la capitale! Je trouvai tout triste, mesquin, laid, jusqu'aux habitants, qui cependant sont, à ce qu'on m'a dit, faits tout comme les Parisiens. Les figures me semblaient bizarres, les tournures ridicules; je me disais en parcourant la ville: — Ah! ce ne sont point là les visages et les manières de mon boulevard du Temple! on ne porte point de semblables chapeaux à l'Ambigu et à la Gaîté. Mais je me disais tout cela en moi-même, et je faisais force saluts et compliments à tout le monde; fidèle au système de dissimulation que j'ai puisé à l'école des Cuvelier, des Victor et des Léopold.

Je ne savais comment passer mes soirées: à Beaugency on se couche et on se lève de bonne heure; tandis que moi, comme tous les habitants de Paris, je me lève et me couche fort tard. Point de café Job, point de contre-marque à acheter, point de mélodrame à voir. Je périssais d'ennui; et s'il eût fallu rester quelques jours de plus, le mal du pays m'aurait tué. Enfin je pus regagner mes pénates! Avec quelle joie je fis mes paquets! Je payai sans compter le mémoire de mon aubergiste. Mais il s'agissait de me décider sur la manière dont je ferais la route pour revenir. J'avais juré de ne plus remonter en diligence; mais faire trente lieues à pied, c'eût été une folie, une imprudence, c'eût été tomber de Charybde en Scylla.

Je me décidai à me rendre à pied jusqu'à Orléans, la distance n'étant que de trois petites lieues, et à Orléans je comptais prendre le courrier de la malle afin d'être plus vite arrivé et pour n'avoir point de compagnons de voyage.

Ne voulant pas m'aventurer seul dans un pays qui m'était inconnu, je demandai un guide pour m'accompagner jusqu'à Orléans. Il se présenta un jeune villageois, fort, robuste et très-grand. Je le jugeai capable de me défendre si l'on nous attaquait, je lui donnai à porter mon sac de nuit, ma valise, et nous nous mîmes en route.

Le temps était froid mais assez beau. Mon guide marchait devant en chantant et en remuant un énorme bâton qu'il tenait à la main. Je le suivais en admirant non pas la verdure, il n'y en avait point, mais les sites pittoresques qui s'offraient à mes regards. Tout à coup, à l'entrée d'un petit bois, mon guide s'arrête et regarde autour de lui. Ne voilà-t-il pas qu'il me vient dans l'idée que cet homme avait de mauvaises intentions, et que je n'étais pas en sûreté avec lui! Probablement que ma physionomie n'annonçait pas la tranquillité; car ayant jeté les yeux sur moi le drôle se mit à rire, et me dit d'un ton goguenard: — Qu'avez-vous donc, monsieur? votre figure est toute retournée!

A ces mots, je tâchai de sourire aussi; puis, parlant un peu de la gorge pour me donner un air d'assurance, je lui dis: — Mon ami, pourquoi nous arrêtons-nous dans ce petit bois? — C'est que je suis fatigué, monsieur; d'ailleurs nous sommes à moitié chemin, il faut bien faire une halte. — Mais cet endroit est-il bien sûr?

Le coquin me regarde encore en ricanant, puis reprend: — C'est toujours ici que je m'arrête, j'y rencontre ordinairement des amis.

Je ne me souciais pas du tout de voir arriver ses amis. Je tâchais de me rassurer pendant qu'il tirait un morceau de pain de sa poche, mais que devins-je en le voyant sortir de son gousset un grand couteau à lame brillante! Je m'adossai à un arbre pour ne point me trouver mal, ce fut bien pis lorsque le drôle se mit à siffler et que j'aperçus trois autres gaillards arriver par le chemin de Beaugency. La peur me rendit mes forces; abandonnant mon sac et ma valise, je pris ma course à travers champs pendant que mon guide avait le dos tourné. Je marchais dans les terres labourées, tantôt sur des échalas, tantôt sur de l'oseille, il me semblait toujours être poursuivi. Enfin j'arrivai à Orléans tout en nage, le courrier allait partir, je me plaçai près de lui, et ne fus rassuré que lorsqu'il eut pris le galop.

Mais bientôt j'endurai des souffrances d'un autre genre: ma nouvelle voiture me cahotait horriblement; peu habitué à être secoué ainsi, je fis toute la route en me cognant alternativement la tête et la partie qui retombait sur la banquette. Il était temps que j'arrivasse; j'étais tellement étourdi que je ne pouvais plus ni parler, ni crier, ni me retenir à rien, et qu'en arrivant à Paris je roulai sur le pavé comme un homme pris de vin. Mais, j'étais dans la capitale, tous mes maux furent oubliés, et je me relevai en m'écriant:

> A tous les cœurs bien nés que la patrie est chère

Qu'avec ravissement je revis mes boulevards, mon café, mes théâtres! Je pouvais à peine marcher, tant la voiture m'avait moulu; néanmoins je m'arrêtai devant l'Ambigu, mon cœur avait besoin de lire l'affiche, et je pleurai de joie quand on vint m'offrir une contremarque.

Enfin, je suis chez moi, j'ai revu mes voisins, j'ai repris mes habitudes. J'ai été fort étonné en recevant hier par la diligence mon sac de nuit et ma valise: il paraîtrait que mon guide n'était point un voleur ou qu'il a craint de se compromettre. N'importe, je ne veux plus faire de voyages; celui-ci m'a causé trop de tourments. Que d'autres aillent courir le monde et chercher des aventures! Je suis allé à Beaugency, cela me suffit, je m'en souviendrai toute ma vie.

IMPRIMERIE BLOT ET FILS AINÉ, RUE BLEUE, 7.

# GEORGES BARBA, LIBRAIRE-ÉDITEUR, 7, RUE CHRISTINE, P

## Jules ROUFF, Successeur

_______________ Le _______________

**Demande de M** _______________ **Libraire à** _______________

**pour être expédiée par** _______________

## CATALOGUE POUR COMMANDES

Signature _______________

*Les risques et périls des expéditions sont toujours à la charge du destinataire. — Les ouvrages marqués d'un ★ astérique sont estam*

**CH. PAUL DE KOCK.** (FR. C.)

Monsieur Dupont........ » 95
Mon Voisin Raymond...... 1 15
La Femme, le Mari et l'Amant............... 1 15
L'Enfant de ma femme.... » 55
Georgette.............. » 95
*Le Barbier de Paris..... 1 15
*Madeleine.............. » 95
Le Cocu................. 1 15
*Un Bon Enfant.......... » 95
*Un Homme à marier...... » 55
Gustave le mauvais sujet.. » 95
*André le Savoyard...... 1 35
La Pucelle de Belleville.... 1 15
*Un Tourlourou.......... 1 15
*La Maison blanche...... 1 35
*Frère Jacques.......... 1 15
*Zizine................. 1 15
*Ni jamais, ni toujours.... » 95
*Un Jeune Homme charmant 1 15
*Sœur Anne.............. 1 35
*Jean................... 1 15
*Contes et Chansons..... » 95
*Une Fête aux environs de Paris.............. » 30
*La Laitière de Montfermeil. 1 35
*L'Homme de la nature... 1 15
*Moustache.............. 1 15
*Nouvelles et Théâtre.... » 75
6 vol. br......... 24 60

**PIGAULT-LEBRUN.**

Par arrêt de la Cour d'appel de Paris du 19 mai 1876, la vente des Ouvrages de Pigault-Lebrun nous est interdite, sauf notre recours en cassation.

**AUGUSTE RICARD.**

Le Viveur.............. » 95
Le Carême de ma tante.... » 75
La Sage-Femme.......... » 95
La Grisette............ » 95
Le Marchand de coco..... 1 15
Le Portier............. » 95
Étrennes de mon oncle.... » 55
Le Cocher de fiacre..... » 95
La Vivandière.......... » 75
L'Ouvreuse de loges..... » 95
Le Chauffeur........... » 75
La Diligence........... » 95
Le Forçat libéré........ » 95
*Ainée et Cadette....... » 95
Ni l'un, ni l'autre..... » 95
Celui qu'on aime........ » 95
La Chaussée d'Antin..... » 95
Comme on gâte sa vie.... » 95
Maison à cinq étages.... » 95
3e vol. br......... 15 30

**MAX. PERRIN.**

*La Famille Tricot...... » 95
Prêtre et Danseuse...... » 75
Permission de dix heures.. » 95
Mauvaises Têtes......... » 95

**STENDHAL.**

Le Rouge et le Noir...... 1 60
La Chartreuse de Parme.... 1 60
Physiologie de l'amour.... » 95
L'Abbesse de Castro...... » 55
1 vol., broché.... 4 10

**F. COOPER.** (FR. C.)

*Le dernier des Mohicans. » 95
*Les Pionniers.......... » 75
*Le Corsaire rouge...... » 95
*Fleur-des-Bois......... » 95
*L'Espion............... » 95
*La Vie d'un matelot..... » 30
*Le Pilote.............. » 95
*Sur mer et sur terre.... » 95
*Lucie Hardinge......... » 95
*Le Robinson américain... » 95
*L'Ontario.............. » 95
*Christophe Colomb...... 1 15
*L'Ecumeur de mer....... » 95
*Le Bravo............... » 95
*Œil de Faucon.......... » 95
*Précaution............. » 75
*Le Bourreau............ » 95
*Le Colon d'Amérique..... » 95
*La Prairie............. » 95
*Lionel Lincoln......... » 95
*Le Paquebot............ » 9
*Ève Effingham.......... » 9
*Feu Follet............. » 9
*Le Camp des païens..... » 9
*Les Deux Amiraux....... » 95
*Les Lions de mer....... » 95
*Satanstoé.............. » 95
*Le Porte-chaîne........ 1 15
*Ravensnet.............. » 95
*Les Mœurs du jour...... » 95
*Les Monikins........... » 75
6 vol. br......... 24 60

**CAPITAINE MAYNE REID.**

*Les Chasseurs de chevel. 1 35
*Les Tirail. au Mexique.. 1 15
*Le Désert.............. » 95
*Les Enfants des bois.... » 75
*Les Forêts vierges..... » 95
*La Baie d'Hudson....... 1 15
*Les Chasseurs de Bisons.. 1 15
*Le Chef blanc.......... » 95
2 vol. brochés.... 8 20

**WALTER SCOTT.**

*Quentin Durward........ 1 35
*Rob-Roy................ 1 15
*Ivanhoé................ 1 35
*Le Capitaine Dalgetty... » 75
*La Fiancée de Lammerm.. » 95
*Le Puritain............ 1 15
*La prison d'Edimbourg.. 1 35
*Le Pirate.............. 1 15
*La Jolie Fille de Perth.. 1 35
2 vol. br......... 10 »

**CAPITAINE MARRYAT.**

*Pierre simple.......... » 95
*Japhet................. » 95
*Jacob fidèle........... » 95
*Rattlin le marin........ » 95
*Le Vieux Commodore..... » 95
1er vol. broché.... 4 10
*Le Pacha............... » 95
*L'Aspirant............. » 95
*Le Vaisseau fantôme.... » 95
*Le Chien diable........ » 95
*Le Pirate.............. » 95
2e vol., broché.... 4 10
*Pauvre Jak............. » 95

**CHARLES DICKENS.**

*Les Voleurs de Londres.. » 95
*Nicolas Nickleby....... 1 60
*Le Marchand d'Antiquités. 1 15

**MARIE AYCARD.**

*Le Comte de Horn....... » 95
*William Vernon......... » 75
*La Saurel.............. » 75
*Mademoiselle Potain.... » 75
*Monsieur et Mme Saintot.. » 55
*Madame de Linant....... 1 35
1 vol., broché.... 4 10

**PAUL DE MUSSET.**

*Le bracelet............ » 55
*Lauzun................. » 95

**COMTESSE DASH.**

Le Jeu de la Reine....... » 75
*L'Ecran................ » 55

**A. DE LAVERGNE.**

La Circassienne......... » 75

**ALPHONSE KARR.** (FR. C.)

Clotilde............... » 95
*Rose et Jean........... » 20
*La Famille Alain....... » 95
Feu Bressier............ 1 15
*Vendredi soir.......... » 55
*Eynerley............... » 75
*Une vérité par semaine... » 55
Un homme fort en thème.. » 95
1 vol., broché.... 5 »

**LOUISE COLLET.**

*La Jeunesse de Mirabeau. » 35
*Folles et Saintes....... » 75
*Madame Hoffmann Tanska. » 75
*Madame Duchâtelet...... » 55

**VICTOR DUCANGE.**

Agathe................. » 75
Albert................. » 75
Valentine (rare)..........

**MISS CUMMING.**

L'Allumeur de Réverbères. 1 60

**SOLON ROBINSON.**

*Mystères de New-York... » 95

**RAOUL BOURDIER.**

*Mémoires de Barnum..... 1 35
*L'Émigrant............. 1 15
*Les Chercheurs d'or..... 1 15

**BRANTZ MEYER.**

Le Capitaine Canot....... 1 35

**PERCY SAINT-JOHN.**

*Robinson du Nord........ 1 15

**HIPPOLYTE CASTILLE.**

*Les Oiseaux de proie.... » 95
L'Ascalante............. 1 15
*Le Markgrave........... » 75
Compagnons de la mort... » 95
Le Contrebandier........ » 55
Chasse aux chimères..... » 55
1 vol., broché.. 4 10

**É. DE LABÉDOLLIÈRE.**

*Les Fabulistes populaires. » 75
*Le Dernier Robinson.... » 30
*Neufchâtel et les Confér. de Paris............ 1 35
*La Guerre de l'Inde..... 1 60
*Béranger............... » 10
L'Attentat du 14 janvier 1858.................. 1 35

**A. ROMIEU.**

*Le Mousse.............. » 55

**JULES LECOMTE.**

*Bras de Fer............ » 95

**CH. SAINT-MAURICE.**

*Gilbert................ » 95

**CLAUDE GENOUX.**

*Mémoires d'un enfant de la Savoie.............. » 75

**STEPHENS.**

*Luxe et Misère......... 1 60

**VICTOR PERCEVAL.**

*Mémoires d'un jeune cadet.................. 1 80

**LAS CASES.**

*Le Mém. de Ste-Hélène.. 5 »
*Le même*, relié en toile.. 7 »

**O'MEARA.**

*Le Mém. de Ste-Hélène. 2e partie.............. 4 10
*Le même*, relié........ 5 » 6

*On vend séparément :*

*Napoléon en exil....... 2 20
*Batailles de Napoléon... 2 20

**BOITARD.**

*Le Jardin des Plantes.... 4 10
*Le même*, relié......... 6 »

**LÉON PLÉE.**

*Abd-el-Kader........... 1 15

**PERRAULT.**

*Le Cabinet des Fées..... 1 15

**DESBAROLLES.**

*Deux Artistes en Espagne. 1 15

**MICHIELS.**

*La Traite des Nègres.... » 95

**MOLIÈRE.**

*Œuvres complètes..... 5
10 grav. sur acier... 6

*On vend séparément :*

Vie de Molière.........
L'Etourdi.............. »
Le Dépit amoureux....... »
Don Garcie de Navarre.....
Les Précieuses ridicules... »
L'Ecole des maris.........
Sganarelle............. »
L'Ecole des femmes.......
La Critique de l'Ecole des femmes................ »
La Princesse d'Elide......
Les Fâcheux............. »
Don Juan................
Le Mariage forcé........ »
Le Misanthrope.......... »
Le Médecin malgré lui.....
Impr. de Versailles.......
Le Tartuffe............. »
Amphitryon.............. »
L'Avare................. »
Georges Dandin...........
L'Amour médecin......... »
M. de Pourceaugnac........
Le Sicilien............. »
Mélicerte...............
Pastorale comique........
Les Amants magnifiques... »
Le Bourgeois gentilhomme.. »
Psyché.................. »
Les Fourberies de Scapin...
La comtesse d'Escarbagnas. »
Les Femmes savantes..... »
Le Malade imaginaire......
Poésies diverses, le Val. de Grâce, etc.............. » 9

**RACINE.**

*Œuvres complètes....... 2 6

*On vend séparément :*

Vie de Racine, La Thébaïde.. » 2
Alexandre............... » 2
Andromaque.............. » 2
Les Plaideurs............ » 2
Britannicus............. » 2
Bérénice................ » 2
Bajazet................. » 2
Mithridate.............. » 2
Iphigénie............... » 2
Phèdre.................. » 2
Esther.................. » 2
Athalie................. » 2

**CORNEILLE.**

*Œuvres complètes....... 2 6

*On vend séparément :*

Vie de Corneille......... » 2
Le Cid.................. » 2
Horace.................. » 2
Cinna................... » 2
Polyeucte............... » 2
Le Menteur.............. » 2
Pompée.................. » 2
Rodogune................ » 2
Héraclius............... » 2
Dom Sanche.............. » 2
Nicomède................ » 2
Sertorius............... » 2

**REGNARD.**

*Œuvres complètes....... 2

*On vend séparément :*

Notice sur Regnard.......
Le Bal.................. » 2
Le Joueur............... » 2
Le Distrait............. » 2
Les Folies amoureuses......
Le Mariage de la Folie.... » 2
Le Retour imprévu........ » 2
Les Ménechmes........... » 2
Le Légataire universel......
La Critique du Légataire... » 2
Voyages de Regnard...... » 7

**LA FONTAINE.**

*Fables.................. » 9

**VOLTAIRE.**

*Histoire de Charles XII.. » 7

FLORIAN.

*Fables ........ » 55

BOILEAU.

*Œuvres poétiques ....... » 95

LOUIS GARNERAY.

*Voyages et Aventures... 1 60

*Mes Pontons.......... » 95

MADAME STOVE

*La Case du père Tom... 1 60

*Fleur de Mai.......... » 55

HILDRETH.

*L'Esclave blanc........ 1 15

MADAME DE MONTOLIEU

*Le Robinson suisse...... 2 »

ACHILLE FILLIAS.

*Histoire de Suède...... 1 60

HAUSSMANN.

*La Chine ............ 1 80

BÉNÉDICT RÉVOIL.

*Les Aztecs.............. » 75

BENJAMIN GASTINEAU.

*La France en Afrique... 1 35

AUGUSTE CHALLAMEL.

*Histoire de France...... 4 10

*Le même*, relié en toile... 5 »

*Le même, par séries séparées.*

Histoire de Napoléon ..... 1 15

Histoire de la Révolution.. 1 15

*Histoire de Paris ....... 1 15

*Histoire de France...... 1 15

BRILLAT-SAVARIN.

Physiologie du goût....... 1 15

HOFFMANN.

*Contes fantastiques...... 1 15

*Contes nocturnes....... 1 15

*L'Élixir du Diable...... 1 15

Contes des frères Sérapion.. 1 15

*Contes mystérieux...... 1 15

*Le volume broché...... 5 10

CHARLES DE BUSSY.

*Hist. de St Vinc. de Paul. » 95

DANIEL FOÉ.

*Robinson Crusoé......... 1 35

*Les Chroniques de l'Œil-de-Bœuf, par Touchard-Lafosse, 2 vol. brochés. . 8 20

*Mémoires de la belle Gabrielle, 1 vol., broché.. 2 10

Mémoires du cardinal Dubois, 1 vol., broché.... 2 20

Mém. de Mme Dubarri. 1 vol. 4 10

Mém. du duc de Richelieu, 1 vol. broché ........ 4 10

Mém. sur l'impératrice Joséphine, par G. Ducrest. 2 20

*Mém. de Mme de Genlis... 2 20

*Mémoires contemporains.. 2 20

## *GÉOGRAPHIE UNIVERSELLE DE MALTE-BRUN

illustrée de 500 vignettes par Gustave DORÉ. — 110 cartes géographiques coloriées

L'ouvrage complet, 115 livraisons, 110 cartes. Prix, broché en 3 vol. 45 fr., relié 55 fr.

ON VEND SÉPARÉMENT PAR LIVRAISONS AVEC CARTES, PRIX, 40 CENT., ET PAR PAYS SÉPARÉS, SAVOIR :

Asie, Afrique, Amérique, Océanie, broché ..... 25 »

Le même, relié......... 30 »

Europe, broché. ....... 20 »

— relié. ......... 25 »

France ............... 3 20

Iles Britanniques........ 1 80

Espagne, Portugal....... 1 80

Suisse, Hollande, Belgique. 1 40

Italie.................. 2 »

Emp. d'Allem. { Conf. germ. 2 20 / Prusse.... 1 40 }

Autriche................ 2 »

Danemark, Suède, Norwège 1 20

Russie................. 2 60

Grèce et Turquie......... 1 40

Asie.................... 7 »

Afrique.................. 5 »

Amérique................ 5 »

Océanie................. 1 80

Introduct. hist. générale.. 7 »

Par livraison séparée..... » 40

Par série de 5 livraisons.. 2 10

Par volume séparé....... 11 50

## *LA FRANCE ILLUSTRÉE PAR V.-A. MALTE-BRUN

500 illustrations par J. LANGE, V. FOULQUIER. 100 cartes géographiques coloriées.

L'ouvrage complet, 108 cartes, 117 livraisons. Prix, broché, 45 fr. relié, 55 fr.

ON VEND SÉPARÉMENT PAR VOLUMES SÉPARÉS, PROVINCES ET PAR DÉPARTEMENTS, SAVOIR :

1 Cher............... » 40
2 Nord............... » 40
3 Seine-et-Marne ..... » 40
4 Loiret............. » 40
5 Pas-de-Calais ....... » 40
6, 7 Rhône............ » 80
8 Doubs............. » 40
9 Bas-Rhin .......... » 40
10 Oise.............. » 40
11 Haut-Rhin......... » 40
12 Indre-et-Loire...... » 40
13, 14 Seine-Inférieure » 80
15 Charente-Inférieure. » 40
16, 17, 18 Seine-et-Oise 1 20
19 Loire-Inférieure..... » 40
20 Indre.............. » 40
21, 22 Eure .......... » 80
23 Aisne ............. » 40
24 Nièvre ............. » 40
25 Ain................. » 40
26, 27 Bouches-du-Rhône » 80
28 Calvados ........... » 40
29 Yonne............. » 40
30 Corse............... » 40
31, 32 Gironde......... » 80
33 Eure-et-Loir ....... » 40
34 Orne............... » 40
35 Ille-et-Vilaine ...... » 40
36 Saône-et-Loire...... » 40
37 Lot................ » 40
38 Somme............. » 40
39 Manche............. » 40
40 Drôme ............. » 40
41 Isère............... » 40
42 Charente .......... » 40
43 Morbihan.......... » 40
44 Loir-et-Cher....... » 40
45 Allier.............. » 40
46 Côtes-du-Nord...... » 40
47 Ariége ............ » 40
48 Finistère.......... » 40
49 Hautes-Alpes...... » 40
50 Basses-Pyrénées.... » 40
51 Marne............. » 40
52 Haute-Vienne...... » 40
53 Tarn.............. » 40
54 Aube.............. » 40
55 Maine-et-Loire..... » 40
56 Pyrénées-Orientales. » 40
57 Basses-Alpes....... » 40
58 Aude.............. » 40
59 Haute-Marne....... » 40
60 Dordogne......... » 40
61, 62 Côte-d'Or...... » 80
63 Vaucluse .......... » 40
64 Ardennes.......... » 40
65 Mayenne .......... » 40
66 Sarthe ............ » 40
67 Vienne............ » 40
68 Hérault........... » 40
69 Lot-et-Garonne..... » 40
70 Creuse............ » 40
71 Haute-Loire ....... » 40
72 Gers .............. » 40
73 Vendée............ » 40
74 Landes............ » 40
75 Deux-Sèvres........ » 40
76 Corrèze........... » 40
77, 78 Haute-Garonne . » 80
79 Var .............. » 40
80 Jura.............. » 40
81 Loire ............ » 40
82 Gard .............. » 40
83 Vosges ............ » 40
84 Haute-Saône........ » 40
85 Ardèche........... » 40
86 Tarn-et-Garonne..... » 40
87 Meurthe........... » 40
88 Lozère............ » 40
89 Hautes-Pyrénées..... » 40
90 Cantal............ » 40
91 Moselle........... » 40
92 Puy-de-Dôme....... » 40
93 Meuse............ » 40
94 Aveyron.......... » 40
95 Colonies d'Amérique. » 40
96 Colonies d'Asie et d'Afrique......... » 40
97 Algérie........... » 40
98, 99, 100 Seine...... 1 20
101 La France, *Géographie*. Carte physique » 40
102 La France, *Histoire*. Cartes par Provinces et par Départements » 40
103 La France, *Littérature*. Cartes des communications.... » 40
104, 105 La France, *Industrie*, Carte générale. » 80
106 Savoie ........... » 40
107 Haute-Savoie ...... » 40
108 Alpes-Maritimes.... » 40
Diction. des Communes. 2 »

## ÉMILE DE LA BÉDOLLIÈRE

### *LE NOUVEAU PARIS

histoire des vingt arrondissements

ILLUSTRÉE DE 60 VIGNETTES PAR G. DORÉ

20 plans divisés par arrondissement avec une carte d'ensemble

30 LIVRAISONS DE TEXTE

L'ouvrage complet, br. 13 fr. relié, 15 fr.

On vend séparément chaque arrondissement avec carte...... » 50

### *HISTOIRE DES ENVIRONS DE PARIS

ILLUSTRÉ DE 70 VIGNETTES PAR G. DORÉ

23 cartes topographiques des principales localités

27 LIVRAISONS DE TEXTE,

L'ouvrage complet, br., 13, relié, 15 fr.

On vend séparément chaque localité avec sa carte........... » 50

### *HISTOIRE DE LA GUERRE D'ORIENT

ILLUSTRÉE DE 240 VIGNETTES PAR J. LANGE

CARTES ET PLANS TOPOGRAPHIQUES

L'ouvrage complet en 3 volumes. Broché. . . . . . . . 12 fr.

On vend séparément chaque vol. et chaque brochure

| 1er vol. | | 2e vol. | | 3e vol. | |
|---|---|---|---|---|---|
| Les Turcs et les Russes. | 1 35 | Inkermann. | 1 35 | Kinburn. | 1 60 |
| La Russie et l'Europe. | 1 35 | Malakoff. | 1 60 | Le Congrès de Paris. | 1 35 |
| Sébastopol. | 1 35 | Histoire de Pologne. | 2 10 | Histoire de Turquie. | 1 60 |
| Histoire de Crimée. | » 75 | | | | |
| 1er vol. prix, broché. | 4 10 | 2e vol., broché. | 4 10 | 3e vol., broché. | 4 » |

### *HISTOIRE DE LA GUERRE D'ITALIE

illustrée de 180 gravures par J. LANGE

CARTES ET PLANS TOPOGRAPHIQUES, 6 PORTRAITS GRAVÉS SUR ACIER

L'ouvrage complet en 2 vol., broché, 14 fr.

ON VEND SÉPARÉMENT :

Solférino, Magenta, etc... 2 10 | Naples et Palerme....... 1 60

J. Garibaldi............. 2 10 | Histoire de Savoie....... 1 60

Hist. d'Italie, par Ricciardi 2 10 | Histoire de l'Indépendance italienne............... 1 60

Villafranca............. 1 60

### *HISTOIRE DE LA GUERRE DU MEXIQUE

illustrée de 60 vignettes, cartes géographiques coloriées

L'ouvrage complet, br., 3 fr. 50

ON VEND SÉPARÉMENT :

Puebla.... » 1 50 | Mexico..... 1 50 | Mort de Maximilien. » 80

### *HISTOIRE DE LA GUERRE D'ALLEMAGNE & D'ITALIE

ILLUSTRÉE DE 50 VIGNETTES AVEC CARTES GÉOGRAPHIQUES COLORIÉES

L'ouvrage complet. Prix : 2 fr. 80

ON VEND SÉPARÉMENT :

Custozza-Sadowa... 1 fr. 50 | Sadowa-Venise.... 1 fr. 50

### *FRANCE ET PRUSSE

Illustrations de G. Doré. Prix : 1 fr. 50

### BAZAINE ET LA CAPITULATION DE METZ

ILLUSTRÉE PAR RIBALLIER

1re série. Prix, 1 fr. 10.

### CHANSONS de É. DE LA BÉDOLLIÈRE

ILLUSTRÉES PAR V. COUSIN

Prix : 1 fr. 10.

### PROCÈS BAZAINE

Faisant suite à la Capitulation de Metz.

2e, 3e et 4e séries. Prix : 1 fr. 10 la série.

### *HISTOIRE DE LA GUERRE DE 1870-1871

Illustrée de 40 vignettes par H. ALLOUARD, avec UNE CARTE DE FRANCE (traité du 10 mai 1870)

L'ouvrage complet, broché, prix : 4 fr. — ON VEND SÉPARÉMENT :

1re série : Déclaration de la guerre, 1 fr. 10. — 2e série : Sedan, 1 fr. 10. — 3e série : Siége de Paris, 1 fr. 90. — 4e série : Traité de paix, 1 fr. 10.

## Collection in-18 jésus vélin glacé à 3 francs le volume

PAUL DE KOCK

La Laitière de Montfermeil.. 1 vol.
André le Savoyard......... 1 vol.
Zizine................... 1 vol.
Moustache................ 1 vol.
Un Jeune Homme charmant.. 1 vol.
Madeleine................ 1 vol.
Le bon Enfant............ 1 vol.
La Maison Blanche......... 1 vol.
Le Barbier de Paris........ 1 vol.
Un Tourlourou............ 1 vol.
L'Homme de la Nature..... 1 vol.
Un mari perdu............ 1 vol.

TOUCHARD-LAFOSSE

Les Chroniques de l'Œil-de-Bœuf 1re, 2e, 3e, 4e, 5e, 6e, 7e, 8e sér. 8 vol.

COOPER

Œil de Faucon, Bas-de-Cuir, 1re série............. 1 vol.

MAYNE-REID

Le Gantelet blanc......... 2 vol.
Les Chasseurs de Chevelures. 1 vol.
Les Tirailleurs au Mexique.. 1 vol.
La Baie d'Hudson......... 1 vol.
Les Chasseurs de bisons..... 1 vol.

JULES CLARETIE

La France envahie......... 1 vol.
La Vie moderne au théâtre... 2 vol.

THÉODORE DE GRAVE

Les Duellistes............ 1 vol.

ALBERT CAISE

La Jeunesse d'une femme.... 1 vol.
Les Victimes du Mariage...... 1 vol.

É. DE LA BÉDOLLIÈRE

Le Domaine de Saint-Pierre.. 1 vol.
Histoire de Paris, suivie de Paris agrandi.............. 1 vol.

L. CHODZKO

Hist. populaire de la Pologne. 1 vol.

LÉON PLÉE

Abd-el-Kader.............. 1 vol.

GARNERAY

Aventures et Combats....... 1 vol.
Captivité sur les Pontons.... 1 vol.

KAUFFMANN

Les Chroniques de Rome..... 1 vol.

DESBAROLLES

Deux Artistes en Espagne.... 1 vol.

TIMOTHÉE TRIMM

La Vie de Paul de Kock..... 1 vol.

RAMON PAEZ

Voyage dans l'Amérique du Sud. 1 vol.

BENJAMIN GASTINEAU

Les Courtisanes de l'Église... 1 vol.
L'Impératrice du Bas-Empire. 1 vol.

### *LE CUISINIER NATIONAL

PAR VIART, FOURET-DELAN

Hommes de bouche, 30e édition, augmentée de 300 articles nouveaux et du Glacier National, par BERNARDI, officier de bouche Encyclopédie culinaire

Un fort volume in-8°, cartonné. Prix : 6 francs.

### CLICHÉS DE GRAVURES

DE BERTALL, G. DORÉ, J. LANGE, GUSTAVE JANET, ETC., ETC.

0 fr. 15 le cent. carré. En plomb.

0 fr. 20 — En cuivre

MONTÉS SUR BOIS

www.ingramcontent.com/pod-product-compliance
Ingram Content Group UK Ltd.
Pitfield, Milton Keynes, MK11 3LW, UK
UKHW020220200726
13856UKWH00004B/1511

9 782011 870520